# 有禮這一家
# 生命禮俗大揭祕

作者◎鄭宗弦　繪者◎陳維霖

# 序　祝福・成長・傳家寶

國立臺北大學中文系助理教授　楊奕成

這是一部大家族的故事，流淌在其中的汩汩暖流，是多麼耐人尋味！故事由小男孩鄭有禮拉開序幕，他可是名副其實的「真有禮」。且看他施展妙筆手，向我們娓娓道來每個生命禮俗，其儀式的流程及所蘊含的祝福。打從孕育生命的開始，呱呱墜地以後的每個階段——求學、謀職、婚姻，到生命的終點，鄭氏家族的成員都會經歷不同的禮俗，也藉由信仰產生積極向上的力量。那些儀式或許繁瑣，流程或許冗長；但也正因如此，表現出親友們祝福的真摯與盼望的殷切。

讀著那一回又一回愛的故事，一股懷舊的感染力在召喚著我。翻開塵封的老相本，有張外婆抱著我「收涎」的相片，映入眼簾，這時耳畔便響起鄭有禮的阿嬤用閩南語說：「收涎收離離，乎你大漢摯賺錢；收涎收乾乾，乎你聽到陳雷毋免驚。」類似這樣的四句聯，在鄭有忠結婚時，媒婆也高呼過：「新娘過火毋通驚，腳步慢慢到大廳。入門踏瓦全家攏勇健，入門踏火才會有傢伙。」由於它音韻和諧，容易琅琅上口，親友總會歡喜的多說幾遍，被祝福的人因此擁有滿滿的幸福。

這也是一部少年小說，兒少文學學者張子樟教授說：「不管少年小說如何分類，它的基調永遠是啓蒙與成長。」且看生活在大家族的鄭有禮，他感受到家族的成員，在生命的不同階段，會懷有不同的心事——求學的人煩惱聯考，出社會的擔心工作，已成家的操煩孩子的教養，甚至對不幸夭折的子女，有著深深的歉疚。雖然話說「兒孫自有兒孫福」，但兒孫們所面對的問題，卻是老人家時時記在心上的事。那些人、那些事，不但增長了他的閱歷，也豐厚了他的人生情感。

另外，小堂弟有平剛經歷「收涎」的洗禮，有那麼多祝福，應該會平安快樂的長大才是；但不久卻罹患了肺炎。小姑姑進雅與七叔進泰，正沉浸在戀愛的甜蜜，應該會有情人成眷屬才是；但不久卻嚐到了失戀的苦澀。尤其，家中剛辦完大堂哥有忠的婚禮，阿祖卻突然腦中風做仙去了，阿公悲傷不已；但不久堂妹有萱出生了，阿公終於漾開笑容。這一連串人事的變化，都讓他從懵懂中逐漸成長，明白宇宙生生不息的奧祕，以及世間無常本自然，懂得珍惜，就是永遠。

珍貴的文化資產有賴代代傳承，「能傳家缽似君稀」，我們期盼有更多的人，來呵護與傳遞這份珍貴的傳家寶。

書中記載著許多傳統的禮俗、習俗，還有民謠、俗諺，這都是先民世代相傳的生活經驗，而鄭老師能寫下它，想必也是親身見過、聽過、經歷過。故與其說他寫的是自己的童年，毋寧說他喚醒了上一代人的大家族記憶，同時讓有過那樣經驗的讀者，享受閱讀時，心再孩子一次。

二〇一七年國中會考便以「在這樣的傳統習俗裡，我看見……」為作文題目，報載有些考生對於傳統習俗，若非茫然無知，就是所知太少，更遑論能思辨某種習俗是否合時宜。我認為有些禮俗不一定要奉行；但知識、資訊卻有傳承的必要。它會讓我們的孩子了解先民是怎麼活過來的，這種文化的根，會累積成豐厚的養分，做為將來開發新文學、新藝術、新商品、新生活的特有元素，並且在全球化的國際競爭中，樹立出獨特的辨識度。

欣喜鄭宗弦老師這本書的出版，他貼心的附上「鄭氏家系圖」，以鄭有禮為主角，讓讀者一目了然他與親眷之間的關係。他又在每篇小說後，附有「生命禮俗小百科」，為讀者補給相關的知識，還有「換你來解謎」，列出相關的問題，提供師生或親子討論、省思的方向。而老師及家長也可以藉此多一些角色轉換，多一些對話，與孩子分享自己的經驗、對生活的觀察。

尤其，鄭老師是優秀的小說家，他以「童心」出發，來看待那些生命的禮俗，故能讓禮俗變得活潑不枯燥，其中的童言童語、妙趣橫生的情節，往往令人捧腹大笑。他還能不斷的製造懸疑，吊讀者的胃口，再為讀者一一揭祕，使得故事回回扣緊，章章精采，這絕對是一部結構謹嚴的章回小說。

而陳維霖老師為這本書繪的插畫，不但具有童趣、巧思，他能充份掌握鄭老師的文字所要傳達的精神，讓新世代的讀者，大開眼界，彷彿身歷其境，也讓上一代人久違的情感，瞬間活絡起來。

清朝的文學家曹雪芹成長於江寧織造世家，他將那些離合悲歡的記憶，化為令人蕩氣迴腸的《紅樓夢》，二百多年來受到感動與啓思的讀者，不計其數。鄭宗弦老師成長於糕餅店世家，他把家族裡酸甜苦辣的故事，化為十七篇不同滋味的小說，現在就請你細細賞讀，慢慢咀嚼。

## 自序　「糕餅店三姊妹」系列歡慶誕生

有禮這一家，寓意著小主角鄭有禮生長的這個家庭以及他一輩子的生命禮俗。

這本書的出版讓我感到很欣慰，因為自《阿公的紅龜店》在二〇〇二年出版以後，歷經十七年，終於完成了「糕餅店三姊妹」這個系列。

為什麼是三姊妹呢？因為他們就像是我懷胎十月辛苦產出的，三位美麗的孩子。

《阿公的紅龜店》最先出生，是大姊。這本書述說紅龜店裡，各種產品的象徵意涵。也介紹職人阿公，一位幫人們「製造幸福」的人，知足常樂的經營著一家傳統小店。

《大番薯的小綠芽：台灣月曆的故事》是二姊。我以回憶的方式，描寫我童年生長在糕餅店中，一年四季配合節氣、節慶和習俗，所發生許多有趣的生活故事。

《有禮這一家：生命禮俗大揭祕》則是小妹。我這次以生命禮俗的觀點切入，展演一個糕餅店的大家庭，每個成員因年齡不同，面臨各自的生命階段課題。同時表現出親人之間血濃於水，相互扶持的美善。

這三本書中的文章，有的是極短篇小說，有的是散文，全是以十二歲小男孩的口吻，說出他生活在嘉義縣新港鄉的故事。

《有禮這一家：生命禮俗大揭祕》的內容寫的是民國七〇年左右，經濟起飛，台灣錢淹腳目的年代，當時我大約十二歲。

那時我覺得有一件事很奇怪，我們叫父母為爸爸、媽媽，但是爸媽都以日文的「多桑」、「卡桑」稱呼他們的父母，也就是我阿公和阿嬤。後來我懂了，因為他們曾一同經歷日治時期的後期，因此有些日本文化的蹤跡，就在他們的日常生活中留下來了。

阿嬤讀過日本的小學，有時她會坐在二樓陽台搖扇乘涼，一邊哼著我所陌生的日本童謠，讓我覺得阿嬤變成了一個陌生人。看電視上的國語連續劇時，阿嬤聽不懂國語，總要我幫她翻譯成閩南語，我因此錯失許多精彩劇情。有幾次我不耐煩而擺起臭臉，阿嬤感到受傷了，生氣不跟我講話。現在回想起來，當時的我在她看來，應該也如同陌生人吧。這是讓我感到十分遺憾的往事。

阿嬤常回憶說日本警察很兇惡，我從她如炬的眼光中看出，在異族高壓統治下，人民的卑微、恐懼和憤怒。我真心希望這樣的事不要再發生。所幸雖然歷經日本統治五十年，傳承自漢民族的生命禮俗香火猶在，只不過隨著工商資訊時代的變遷，人們漸漸疏遠淡忘了。它們雖然沒有被異族消滅，卻可能因忽視而失傳。

我從小生長在「大家庭」，見證了大家族中有生有滅，血脈相傳，生生不息，和親族相互扶持的倫理關係。恰恰我們家「明正齋」生產的糕餅，又都是生命禮俗中的供品、禮物等用品。因此，我責無旁貸的寫出這本書，希望喚起大家的記憶和重視。

自二十年前開始創作少兒文學，至今我已經創作了百本書，每一本書都背負不同的傳承使命。透過寫作、思考、反省，為書中人物製造困境，找尋出路，我也漸漸體會出「三番」道理。

首先是「愛要從小說到大」。我的作品涵蓋繪本、童話、橋梁書、兒童散文、兒童小說、少年小說、青少年小說。每一個年齡層，我都寫有相呼應的作品，供孩子學習成長。希望孩子從識字開始，能一路讀我的作品讀到大學，逐漸完成「愛的進行式」。

所謂「愛的進行式」分三階段。第一階段是指孩子在成長的過程中要先學習愛自己，自我肯定。第二階段要學習愛別人，尊重和接納別人。接著進到第三階段幫助別人，因為「助人為快樂之本」，願意用行動幫助別人，那會產生成就感使自己快樂。最後的階段，也是最困難的，叫做「無私的付出」，那是不為自己的利害得失，也不為自己快樂與否，只真心誠意為對方好，而不求回報的去為他們付出。

最後的道理是「學習的生命觀」。小時候我學過兩句話：「生命的意義在創造宇宙繼起之生命。生活的目的在增進人類全體之生活。」漸漸的長大後，知道這兩句話只說出了生命的特質，並未道出生命的意義；只說出人類的自大，沒有顧慮到環境和對其他生命的照顧。

我感悟到的是：「生命的意義在藉由我們的一生在人間學習成長。」而生活的目的在遭遇煩惱，好讓我們想辦法突破困境，學習高尚的品德，提升靈性。

其實每個人在人生中所遭遇的困難，就是專屬於個人的學習課題，因此不該怨天尤人，而是要積極面對去克服困難，克服了就學習到了。而家人和親友們，就像是我們在學校「分組學習」的同組夥伴，大家彼此扶持，截長補短，互相學習，合作成長。

以上這些都是在創作「鄭宗弦的生命教育系列」和「糕餅店三姊妹系列」

的過程中，因為涉獵了生命的觀念、死亡的禮儀和多元信仰的意義等資訊，漸漸領悟整理出來的道理。

從「學習的生命觀」來看生命禮俗，每階段的禮俗就像是階梯，引領人往上邁進，蛻去一層舊皮，成長新生。這樣看起來，它們在學習的歷程中占了「里程碑」的重要角色。因此當我們完成了其中某一項禮俗，有了新的身分後，別忘了對自己、家人和社會負起新的責任，也別忘了學習新的生命課題。

很欣慰，小妹誕生了，「糕餅店三姊妹」可以聯手為大家表演生命的勁歌熱舞。

我也期許自己，不以擔任生產這些作品的「產父」自滿，有一天還要成功升級，當一位靈性崇高的「高靈產父」。

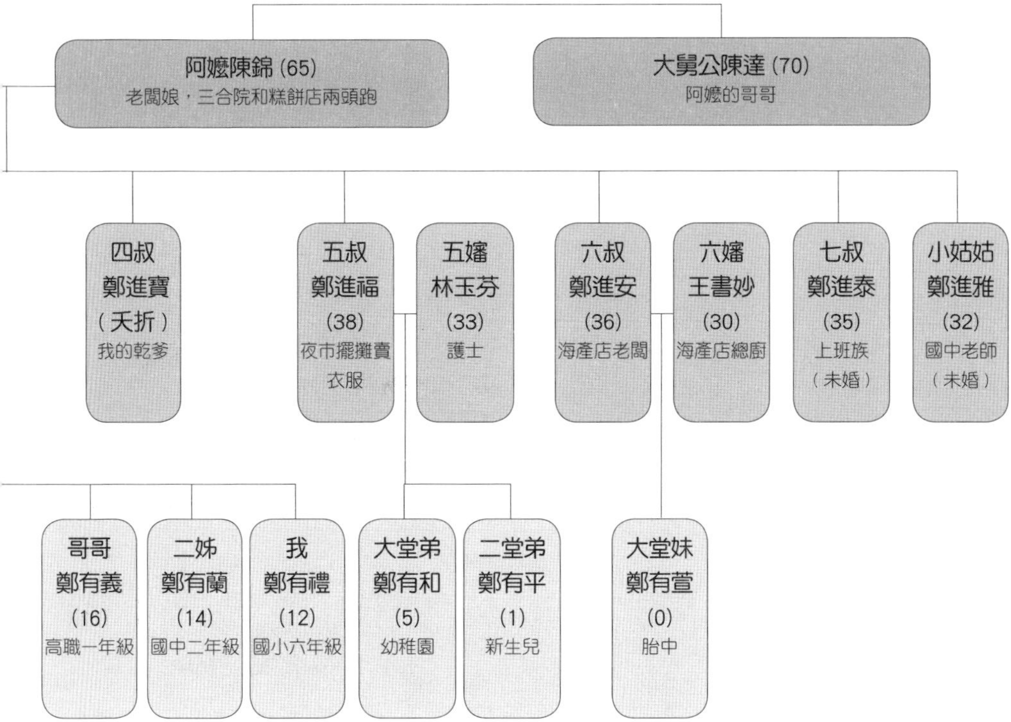
阿嬤陳錦 (65)
老闆娘，三合院和糕餅店兩頭跑
大舅公陳達 (70)
阿嬤的哥哥
四叔
鄭進寶
（夭折）
我的乾爹
五叔
鄭進福
(38)
夜市擺攤賣衣服
五嬸
林玉芬
(33)
護士
六叔
鄭進安
(36)
海產店老闆
六嬸
王書妙
(30)
海產店總廚
七叔
鄭進泰
(35)
上班族
（未婚）
小姑姑
鄭進雅
(32)
國中老師
（未婚）
哥哥
鄭有義
(16)
高職一年級
二姊
鄭有蘭
(14)
國中二年級
我
鄭有禮
(12)
國小六年級
大堂弟
鄭有和
(5)
幼稚園
二堂弟
鄭有平
(1)
新生兒
大堂妹
鄭有萱
(0)
胎中

# 人物介紹・鄭氏家系圖

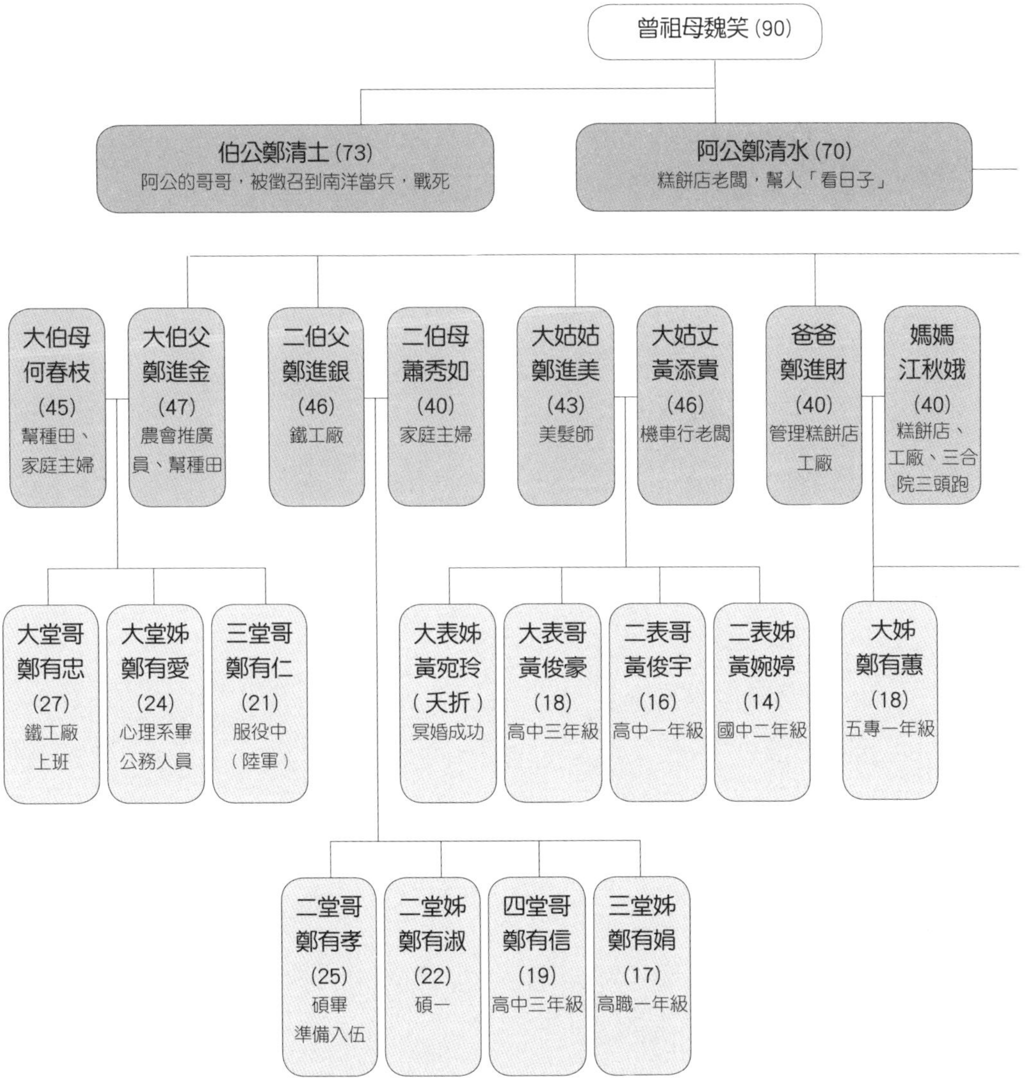
曾祖母魏笑 (90)
伯公鄭清土 (73)
阿公的哥哥，被徵召到南洋當兵，戰死
阿公鄭清水 (70)
糕餅店老闆，幫人「看日子」
大伯母 何春枝 (45) 幫種田、家庭主婦
大伯父 鄭進金 (47) 農會推廣員、幫種田
二伯父 鄭進銀 (46) 鐵工廠
二伯母 蕭秀如 (40) 家庭主婦
大姑姑 鄭進美 (43) 美髮師
大姑丈 黃添貴 (46) 機車行老闆
爸爸 鄭進財 (40) 管理糕餅店工廠
媽媽 江秋娥 (40) 糕餅店、工廠、三合院三頭跑
大堂哥 鄭有忠 (27) 鐵工廠上班
大堂姊 鄭有愛 (24) 心理系畢 公務人員
三堂哥 鄭有仁 (21) 服役中（陸軍）
大表姊 黃宛玲（夭折）冥婚成功
大表哥 黃俊豪 (18) 高中三年級
二表哥 黃俊宇 (16) 高中一年級
二表姊 黃婉婷 (14) 國中二年級
大姊 鄭有蕙 (18) 五專一年級
二堂哥 鄭有孝 (25) 碩畢 準備入伍
二堂姊 鄭有淑 (22) 碩一
四堂哥 鄭有信 (19) 高中三年級
三堂姊 鄭有娟 (17) 高職一年級

# 目次

# 1

# 我家開餅店

三個月前，我在暑假期間，到高雄參加夏令營。

夏令營一開始，進行自我介紹時，我說：「大家好，我叫做鄭有禮，即將升上六年級，我住在嘉義縣的一個小鎮。我們家是一個大家庭，家裡有曾祖母、阿公、阿嬤、爸爸、媽媽、大伯、二伯、五叔、六叔、七叔、兩個姑姑，和十幾個小孩。我家是開餅店的……」

或許你會以爲，大家對於我有那麼多的家人，會感到興趣或好奇，但是你錯了，底下聽眾們關注的焦點並不是這個。

我話還沒說完，馬上有人眼睛發亮，流著口水說：「唉呀！好棒喔！我最喜歡吃歐斯麥的檸檬夾心餅，金黃色的外皮，薄薄的、脆脆的、裡面的奶油酸中帶甜，一股檸檬的清香，好好吃喔！你們家賣的是歐斯麥嗎？還是可口奶滋的？孔雀香酥脆嗎？」

這下誤會大了，怎麼把我家的餅說得那麼「乾燥」。

我連連揮手說：「不是，不是，不是那種餅乾啦。」

我正要解釋，另一個學員搶著說：「啊！我知道了，是蔥油餅，對不對？蔥油餅也很好吃。」

我搖頭。

「不然，是烙餅？」

我又搖頭。

「抓餅？餡餅？牛肉捲餅？」

「胡椒餅？蛋餅？」

「不是，不是，都不是。」我急了，怎麼把我家的餅說得那麼「油膩」。

「我家賣的是那種結婚時候要吃的『喜餅』啦！」

「喔——」

底下的學員紛紛發出恍然大悟的驚嘆聲，帶隊的老師還說：「那是糕餅店啦！對不對？」

「沒錯！」我連忙回答。

不知是不是聽我說到「結婚」兩個字，不少人臉上露出靦腆的笑容，有些女生的眼中還發出幸福的光芒。

「哇！你好幸福喔！」

「眞羨慕，有吃不完的零食。」

「對呀！對呀！」大家不約而同的點點頭。

被人家這麼一讚美，剛剛遭受誤會的尷尬瞬間消失，緊接著而來的，是一股濃濃的幸福感塡滿心頭。

是啊！我家開糕餅店，我好幸福呢！

說起我家糕餅店「光大軒」，在我們小鎮方圓三十公里之內，那眞是無人不知，無人不曉。你若是在街上隨便問個人說：「請問一下，阿水伯……」立刻就會有人說：「你是說做糕餅的那個阿水伯嗎？」你如果問的是：「請問『光大軒糕餅店』在哪裡？」馬上會聚來一群人，熱心的比手劃腳跟你說：「菜市場走進去，最後面那一家老店就是啦！」

我說的一點也不誇張，只因爲阿公做大餅做了六十多年，小鎮上的人

遇上婚喪喜慶，都要到我們店裡走一遭。當然，不是來收紅包、白包，而是來買大餅。尤其是要婚嫁的人，都是整箱整箱的買回去。

我們家的大餅種類繁多，有滷肉餅、冬瓜餅、白豆沙餅、烏豆沙餅、綠豆沙餅、水晶餅、鳳梨餅、蓮蓉餅、棗泥蛋黃餅、五仁餅，每一種都香噴噴，甜滋滋，Q爹爹，綿綿綿，不管你要兩個裝一袋的，還是六個不同口味的裝成一大盒，隨便客人挑選。

而且我們家的餅不只在鎮上有名，還遠播到了外縣市各地呢！常常有外地人打電話來訂，不然就是不遠千里，開車來光顧。

記得有一回，大甲媽祖繞境進香經過鎮上，我們搭起臨時的鐵架子，在路邊設攤賣餅。

一位胖胖的阿姨上遊覽車前，好奇的買了一塊滷肉餅邊走邊嚐，想不到雙腳還沒跨上車門，她又旋回來了。原來，一塊半斤的滷肉餅被她兩三口吃完了，她覺得好好吃，吃不過癮，還要再買一塊。

阿公對她說：「再買一塊怎麼夠，多買幾塊車上吃吧！」

她張開圓呼呼的大嘴說：「不行！一塊就好了，我正在減肥。」

結果，她買好了大餅，上了車，遊覽車開動。車子走沒二十公尺，忽然又停下來，打開車門。那一位胖胖的阿姨慌忙的衝下來，滿頭大汗的跑回我們店門口，苦著一張臉，氣喘吁吁的說：「我……我……我不管了……再給我包十塊滷肉餅……」

這是千眞萬確的事，一點都不騙人的。

大餅是我家的主力商品，除此之外，我們平常也做發粿、紅龜粿、紅圓仔、紅壽桃、綠豆糕、白鹹糕……等，拜拜的供品和點心，也都受到大

家熱烈喜愛。

我家生意這麼好，不只因爲東西好吃，還有阿公博學多聞、待人親切的緣故。阿公會免費幫人「看日子」，也就是看「黃曆」，挑出適合婚喪喜慶的「好日子」，還會詳細講解婚喪喜慶的習俗和禮儀，讓客人有所依循，按部就班的完成該有的儀式。

你大概不知道，按照傳統禮俗，一場婚禮的程序是多麼繁雜，先是說媒、議婚，再來問名、換庚帖、合八字，接著小聘、小訂、大聘、大訂、完聘、送日頭、安床、謝天公，接著才是迎親的眞正婚禮，最後是歸寧。每一個步驟裡面還有大大小小的規矩和需要準備的禮品，過程非常繁複。

現在是工商社會，爲求簡便，有些程序都簡化了。而且在民主時代，每個人都可以表達意見，大家互相尊重，因此許多內容都隨著討論協調而會有所變動。

就拿完聘來說，根據我爸抄寫阿公口頭敘述的那本筆記本記載，基本上就要準備婚書、聘金、六色糖兩盒、伴頭花一對、長輩頭花兩盒、紅絲巾、新娘花稻穗一對、香菸、檳榔、喜酒、禮香炮燭兩份、炮城兩份、喜餅六盒以上、六禮紅包、金飾一組……等，好多東西。

那只是男方喔，女方另外還要準備其他東西，例如：蓮蕉花、芋頭、龍眼、五穀、木炭、鳳梨花、金玉滿堂盒、女婿財庫、香蕉、糕餅、戒指、項鍊、女婿頭尾服飾。

台灣雖然不大，卻有來自各地不同的族群，而各地又有他們特殊的習俗，因此當不同族群彼此通婚，常會出現不同的需求和意見。如何協調不同的婚俗，讓雙方人馬都滿意，是一件非常不簡單的超級任務。

曾經有北部的人說要女方準備鹿茸、燕窩，南部人則認爲這是過分的要求；南部人要求男方備好檳榔、香菸，北部人會譏笑對方粗俗無禮。一場一場的討論下來，總是讓人口沫橫飛，頭痛傷腦筋，有時還會臉紅脖子粗，吵架傷和氣，甚至有人因此憤而取消婚約呢！

不過，客人只要踏出我家糕餅店，包管都是笑瞇瞇的。

因爲，客人剛進門時，阿公會先請雙方坐下，送上一盤切好的滷肉餅，再泡上一壺香濃的烏龍茶，讓客人沉浸在餅和茶的香味中，熄掉心中的燥火。

接著阿公會捋著他的白鬍鬚，慢慢的將婚俗中該準備的物品，該注意的事項，有條不紊的告訴客人。客人若是堅持自己族群的習俗，阿公就會勸雙方各讓一步，顧著雙方的顏面，協調出一場混合式的婚禮，讓雙方都滿意。

還有，客人想要拜天公、還願、謝平安、完墳……，從事各種民俗信仰活動而不清楚禮節的，也都會來請教阿公，他都會鉅細靡遺的爲客人解說。

不只這樣，阿公會如此的有名，當然還包括他做生意堅持的原則。

我家的門聯，用紅漆爲底，金漆做字，每年過年是不換的，阿公說那是爲了時時提醒，代代相傳。上聯寫的是：「酥透千心層層好味道」，下聯是：「香傳萬里陣陣美名聲」，橫幅則是：「光輝基業規模宏大」。

阿公曾說：「大餅做得香酥是基本的功夫，生意要好靠的卻是眞誠的服務。而想要一代一代的經營下去，靠的是眞材實料、童叟無欺、光明正大這些原則，才能經得起顧客和時間的檢驗。」

哦！原來「光明正大」是我家糕餅店「光大軒」的創業精神，也是阿公的糕餅店能持續飄香六十年的眞正原因。

阿公的觀念很傳統，他認爲「多子多孫多福氣」，所以他和阿嬤生了九個子女，更擁有十六位內外孫。這樣的情況在民國六、七十年代，其實並不算稀奇，我有個同學，他的阿嬤生了十三個孩子，而且有許多人的家裡也是大家庭。

我們以前住在三合院裡，後來人口越來越多，叔叔伯伯們漸漸搬到隔壁，蓋了他們自己透天的新房子。白天，我們每一戶的大門和後門都是不關的，大家進進出出，不分彼此，到親人家像是走自家灶腳（廚房）那麼熟絡頻繁。

大伯是農會推廣員，二伯開鐵工廠，我爸排行老三，克紹箕裘繼承糕餅店的事業。阿公和阿嬤在店裡顧著，我爸在另一處的工廠裡負責領導師傅們做餅。我媽是家庭主婦，三頭跑，工廠忙時要幫忙做餅，店裡忙時要去幫忙顧店。

別看阿公商場得意，每每跟客人閒聊時他都會發發牢騷，煩惱兒孫哪個沒娶沒嫁的，哪個工作沒著落？誰要升學了，學費多少？要住校還是租房子？安全嗎？常常有人勸他「兒孫自有兒孫福」，但是他還是依舊「操煩」個不停。

就像三年前進門的六嬸，在兩個禮拜前證實懷孕了，阿公又警戒起來，下令全家總動員，所有五嬸懷孕時的禁令都必須展延一年，不可鬆懈。

自從有了孩子，在夜市擺攤的五叔，跑攤跑得更勤了。現在輪到在小吃店當老闆的六叔上緊發條，因爲一旦孩子出世，開銷增加，負擔也就更重了。

還有，五嬸剛生了二堂弟，阿公也很忙碌。他給小寶寶排八字，在《康熙字典》裡找了半天，給他取了「鄭有平」的名字，接著就聽到阿嬤傳來消息，說五嬸不肯好好「做月內」（坐月子），阿公又開始焦慮。

「這不行啊！少年未曉想，吃老毋成樣。『月內』若是沒做好，像你那樣，老來這裡痠那裡痛，後悔就來不及。」阿公對阿嬤說。「我做人大官（公公）的，不好去跟她講，你要好好的勸她。你先叫進福來找我……」

看來在這件事上，阿公只能透過阿嬤和五叔，間接的傳達他的「關切」，而由於無法直接去跟媳婦開口，他顯得更焦急了。

不只如此，開美髮店的大姑姑有憂鬱的傾向，阿公不知如何幫她才好。上班族的七叔和擔任國中老師的小姑姑都還沒結婚，阿公也耿耿於懷，覺得肩膀上的責任未了，不時也催著他們結婚，不然就託人介紹對象。反正阿公什麼都煩心，全家大大小小他都要顧著、問著、擔憂著，簡直已經忘了他自己。

我相信你注意到了，說了半天，我完全沒有提到我的四叔。是的，其實我不這麼稱呼他，因爲他是我的「契爸」（乾爹）。

有關他的故事比較複雜跟「詭異」，等我講到後面，再慢慢告訴你。

# 生命禮俗小百科

## 生命禮儀的用品

**牲禮**：五牲（豬、雞、鴨、魚、蝦）、三牲（豬、雞、魚）

**菜碗**：各種素菜，例如：海帶、豆干、麵筋、素雞、青菜、金針、香菇

**供品**：發粿（有發展、發達、發財等含義）

紅龜粿（象徵長壽）

紅壽桃（象徵長壽）

紅牽仔（象徵財富）

紅圓仔（象徵團圓、產婦奶水飽滿）

綠豆糕、白鹹糕（有高昇的含義）

雙連龜（象徵福祿壽，作壽時用）

麵豬麵羊（酬神、拜天公、謝平安用）

**香**：線香、排香、香粉

**紙錢**：各種金紙（祭拜神明用）、銀紙（祭拜祖先、好兄弟用）

## 換你來解謎

1、你認為鄭有禮的阿公是個怎樣的人？

2、請你用幾句話來形容鄭有禮的阿公。

3、為什麼阿公要這麼操煩呢？

4、上一頁所列的生命禮儀的用品，你看過或用過幾種？跟同學分享你的經驗。

5、你家附近有沒有糕餅店？他們有沒有賣什麼特別的東西，是你覺得不常見或感到好奇的？

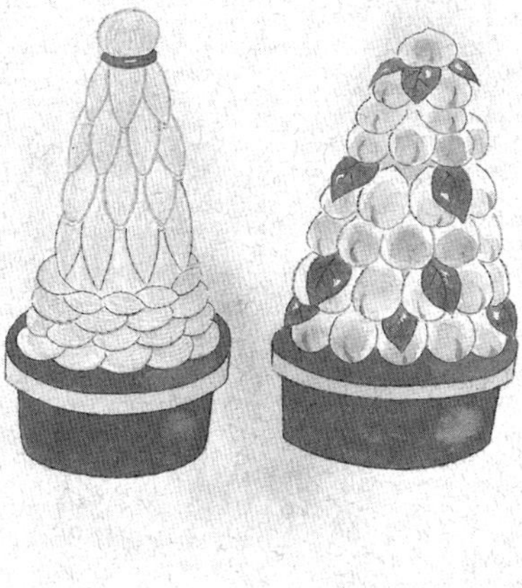

2

# 六嬸懷孕要安胎

我們家的通報系統是由下而上，層層上報的，尤其是大事。就拿六嬸懷孕這件大事來說，首先是六叔去跟五嬸說，五嬸報給我媽，我媽打電話給大姑姑，接下來是經過二伯母和大伯母，才來到阿嬤那兒。緊接著，阿嬤告知阿公，阿公叫阿嬤顧好店面，他即刻回到三合院，才跟阿祖（曾祖母）講。

到這時，整個家族就全都知曉了。

我們的阿祖八十九歲了，臉上滿是皺紋，像是罩了三層的蜘蛛網。她腦後梳圓髻，額上繫髮帶，穿一襲唐衫，拄一根枴杖，數十年來造型不曾改變。她不煙不酒，唯一的嗜好是嚼檳榔，據說在古早年代，檳榔是一種高級的水果，人們並不知道它對身體有傷害。

阿祖最特別的地方是她有「綁腳」，也就是人家說的「三寸金蓮」。她的腳背鼓鼓的，腳趾被外力強猛內壓而與腳掌結合，這使得她的腳掌變了形，纏了布再套上「三寸金蓮」後變成一雙「小腳」。她的小腳著力點很小，但卻要撐住整個身體，顯得很吃力，走路時總是重心不穩，搖搖晃晃的，必須藉助枴杖才好平衡。

每天天未亮，阿祖就甦醒了。阿公會到她的八腳眠床前扶她起床，問她睡得好不好，然後伺候她梳洗，再到飯廳吃早點。

吃過番薯籤粥配醬菜、花生麵筋、煎蛋後，阿公到菜市場開店，阿祖就會悠悠晃晃的來到三合院前面一側的亭仔腳，坐在竹椅上，欣賞著來來往往的人車，然後跟路過的親友鄰居閒話家常。

還記得那天是假日，我陪我媽去市場買菜，順便到糕餅店去幫忙顧一下店。

阿公得知六嬸懷孕之後，叫阿嬤顧著店，就直奔三合院，我和媽媽陪著一起回去。

遠遠的看見阿祖，阿公就高高揮手。

「卡桑（日語中的母親）——」阿公拉開嗓門。「書妙有身了啊！」

「啊？什麼貓？」阿祖重聽，反問的聲音比阿公還大。

「不是啦！」阿公在肚臍前比了個大西瓜。「進安的媳婦，你的孫媳婦要大肚子了。」

阿祖懂了，又問：「哪一個？」

「進安，他的媳婦是書妙，在廟口開海產店，晚上賣消夜小吃。」阿公把嘴巴靠到阿祖耳朵邊。

「小姐？誰在賣小姐啊？」小吃的閩南語跟小姐很像，阿祖聽錯了，眼睛瞪得好大。「我怎麼都不知道。」

「小吃！小吃！」我跑過去幫忙大聲喊。

阿公乾脆用手指比出「六」的手勢。

「喔！我那個第六的孫喔。」阿祖點點頭，笑呵呵說：「快！去把他們尪某（夫妻）都叫過來，我有話要說。」

阿祖走進客廳，阿公馬上打電話叫人。因爲是上午還沒開工，不久六叔六嬸到了，就連其他的家人也聞訊前來，把三合院的客廳擠得水洩不通。

「這是幹嘛？」我好驚訝。

我媽說：「是你阿祖要唱歌了，每次有人懷孕，她就會唱〈病子歌〉給他們夫妻聽。前兩次是唱給你五叔和五嬸聽，你都沒在現場，所以沒看過這種場面。」

只見七叔搬來兩張板凳，讓他們端坐在阿祖面前。阿祖安坐在藤椅上，舉起枴杖的一端在六叔的腳上點了又點，開始用閩南語大聲吟唱：

「正月順來呀囉桃花開，娘擔病子哩嘟無人知。君今問娘仔囉你愛食啥物？愛食彼個山東的香水梨。愛食我來去買，呀你買乎我食，唉喲尪某啊喂。二月順來呀囉田草青，娘擔病子哩嘟面青青，君今問娘仔囉你愛食啥物？愛食彼個青蚵來打生……」

大家都聽得興味盎然，只有我鴨子聽雷。

媽媽看我一臉困惑，笑著解說：「女人懷孕很辛苦，常會想吐、腰痠背痛、膀胱無力、肚子痛，就像是生大病一樣，所以叫做『病子』。這首歌是夫妻對唱的歌，要教丈夫體貼『病子』的太太，多多準備好吃的東西給太太吃。這是從古早流傳下來的歌，除了你阿祖，沒幾個人會唱了。」

「對，太太吃了身體好，生出來的孩子才會勇壯。來，讓我來講給你聽。」二伯母靠了過來，津津的說：「這首歌是在說孕婦懷孕時，正月沒人知，孕婦想要吃山東的香水梨。二月面青青，想要吃青蚵來打生。三月心艱難，想要喝老酒一大研。四月面帶黃，想要吃仙草滴白糖。五月心憂悶，想要吃五香的雙糕潤。六月心傷悲，想要吃新出的紅荔枝。七月心礙凝，想要吃豬肺炒鳳梨。八月面憂憂，想要吃麻豆的文旦柚。九月無奈何，想要吃羊肉炒黑棗。十月落土腹肚空，想吃麻油炒雞公。」

哇！又是仙草滴白糖，又是五香的雙糕潤、香水梨、紅荔枝、炒鳳梨、文旦柚……，聽到這麼多好吃的美食，害我口水流滿地啊！

「好多酸酸甜甜的東西呀！」我說。

「沒錯！」二伯母又說：「有身的人最愛吃酸甜的，其實還有鹹酸甜啦，檨仔青（情人果）啦，酸楊桃啦，吃了都可以止吐。」

我又說：「六嬸根本不缺吃的，海產店裡好吃的東西那麼多。」

雖然六叔很會炒飯、炒麵，但六嬸才是海產店的主廚，舉凡紅燒的鯽仔魚、快炒的甜蝦、酥炸的蚵仔酥，或是做成三杯的中卷，都是六嬸做的比較香，比較夠味。因此總是六叔在櫃臺負責點菜、送菜、收帳，六嬸在後頭忙作菜、洗碗盤。

六嬸懷孕了，大家都非常開心和期待，因爲她和六叔結婚都三年了，一直膝下無子。親友們見了面，總是關切著：「什麼時候給你多桑（日語中的父親）抱孫呀？」、「快一點，加油一點，都結婚那麼久了」、「趁年輕趕快生一生，老了再生就很辛苦了」。

六叔也總是嘻皮笑臉的說：「有啦！有啦！我們有認眞的在做人啦！」但從六叔皮笑肉不笑的模樣，和六嬸微微鎖住的眉頭中，我都可以感受出他們承受了不小的壓力。

六嬸去看過中醫，中醫說她身子比較「冷底」，不容易受孕，需要溫補才行，她因此吞了不少苦藥汁。爲了求子，大伯母陪六嬸到媽祖廟去拜註生娘娘，一連三回，肚皮還是音訊全無。

半年前，大姑姑從她家美髮店的客人那兒，打聽到台南有間廟奉祀有「花公」、「花婆」，特地叫大姑丈開車載六叔六嬸去那兒，透過紅頭法師去

「探花叢」。

回來之後，大姑姑直接跑到糕餅店，向阿公阿嬤「越級上報」。

她說：「法師去到書妙的『本命花園』去調查，發現她的『本命花叢』上面有兩朵紅花苞，一朵白花苞。」

阿嬤臉色一沉：「這麼少啊？」

「不錯了啦！」大姑姑說得起勁。「但是法師又說，她年輕時貪吃愛玉冰，身軀變成『冷底』，害得她

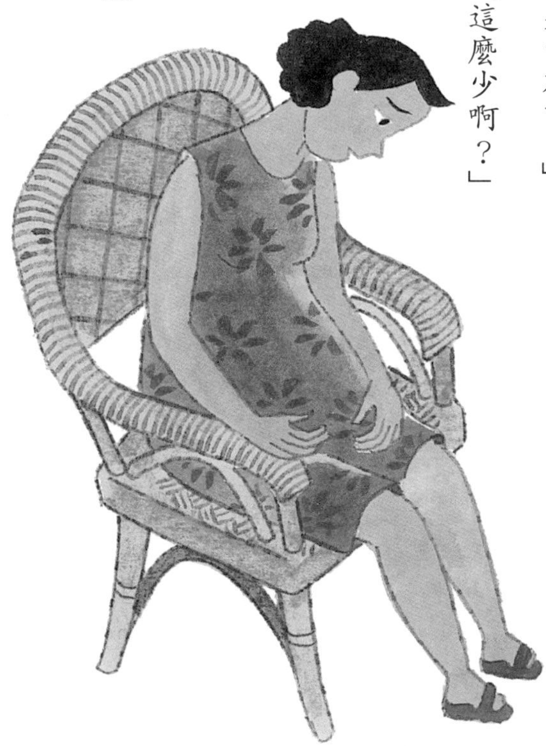

花叢衰弱無力，許多葉子都乾了萎了，其中一朵紅花被蜘蛛絲纏住了，另一朵紅花和白花都軟趴趴的，快要死了。」

阿公著急的問：「有沒有處理？」

「有啦！」大姑姑認眞的說。「我們拜了花公、花婆，請祂們清除蜘蛛絲，修剪枯萎的葉子，然後幫忙施點肥，澆點水。進安也捧回一盆芙蓉，早晚澆花，認眞照顧。」

那時我剛好跟媽媽去幫忙顧店，彷彿在聽「天方夜譚」。我好奇的問：「花叢的花苞跟生孩子有什麼關係？」

「花苞就是代表著這個女人天命有幾個小孩。」大姑姑說：「如果白花苞飽滿健壯，這個女人就懷男胎，等白花開了，就生下男孩。若是紅花苞，就代表女生。」

想不到還有這種事，這麼說來，我曾經是一朵白花苞呢！還眞是有趣。

也不知是溫補藥見效了？註生娘娘顯靈？還是花公、花婆的園藝技術優異？六嬸眞的在婚後第三年懷孕了。總算，他們對親友有了「交代」，可以稍微鬆一口氣。

但也只是「稍微」而已，因爲這得來不易的一胎，必須好好顧著，不能有丁點閃失。

唱完「病子歌」，阿祖和阿嬤輪番對六嬸叮嚀囑咐：

不可以看布袋戲和傀儡戲，才不會生出軟骨症的孩子。

不可以剪東西、釘東西、用針或錐子穿破東西，不然會「動著」胎神，導致流產，或生出兔唇、瞎眼的孩子。

不可以烤肉，不然會生出有胎記的孩子。

不能參加婚禮，不能進入「月內房」，否則「喜沖喜」，會害某一方受災難。

不能到喪家，不能碰觸棺材，否則會流產。

不能吃螃蟹，否則小孩以後愛抓人。

不能……

我發現六嬸臉色越來越蒼白，肩膀翹高高，全身警戒起來。

訓誡完畢之後，阿嬤帶著媳婦們進到六嬸的房間，又說：「把剪刀、釘子、錐子都收起來，不能使用。不能搬動家具，也不能釘牆壁，任何人都不准拍書妙的肩膀，以免造成流產。今天開始，大家都要輕手輕腳，尤其提醒自己的小孩，不要亂衝亂撞，才不會害書妙發生危險。」

等大家都離開之後，五嬸留在裡頭沒走，我好奇的跟在一旁。那時五嬸挺著大肚子，我的堂第鄭有平還沒出生呢！

「哈哈！」只見五嬸笑著對六嬸說：「我快生了，我的房間，你列爲『禁止往來户』喔！」

「天哪！」六嬸無奈的嘆氣說：「好多禁忌，好迷信喔！」

「我們都是這樣過來的。呵！」五嬸又是一笑，語重心長的說：「忍耐一點，盡量做到就好，沒辦法，老一輩的很重視這些，這裡又是大家庭。」

「不知道會不會順利……」

「你放心好了，魚、肉、蛋、奶、蔬菜、水果、五穀雜糧，什麼都吃，營養就會均衡，還有我會帶你去我們醫院做產檢，這些才是實際又可靠的。」

聽到最後一句話，我剛才那「如臨大敵」的警戒心，終於放下來了。

不過我還是提醒自己，小心配合這些禁忌，不要惹阿祖、阿嬤和伯母們不開心。

這時六叔走進房間，從後頭抱住六嬸，甜甜的說：「老婆大人，從今天開始我來掌廚，你來掌櫃。首先你當我的師父，指點我的廚藝，我保證一個禮拜內煮得跟你一樣好吃。」

「爲什麼？」六嬸有點受寵若驚，卻是軟軟的倒在六叔懷裡。

「我怎麼捨得讓你吸那麼多油煙呢？」六叔體貼的說。

五嬸揚起眉毛和嘴角，誇張的看著我。哇嗚！我覺得有點尷尬呢！

她又急拉我的手，擠眉弄眼的說：「阿呆，還不快走？」

## 生命禮俗小百科

### 安胎

民間傳統認為孕婦懷孕之後，便會有胎神隨身保護著胎兒。但胎神不會固定在某個地方，而是可能在窗戶上、床上、床底……，房間任何地方。如果不小心「動著」胎神，便可能造成孕婦病痛，嚴重的甚至流產。

因此當孕婦感覺不舒服，或有異常出血情況，便要趕緊去抓安胎藥回來吃。或者請紅頭師公來作法，在床邊吹牛角法螺，並念咒畫符，貼在懷疑「動著」胎神的地方，來安定胎神。

中醫的安胎藥有一定的功效，但是「胎神」之說是在科學不發達的年代，人們認為冥冥之中有股神祕的力量在運作著，其實是對於流產和懷孕時的病痛，所推想出的一套解釋邏輯。

現在醫學發達，孕婦只要飲食正常，營養均衡，定期進行各種產前檢查，便可以掌握胎兒的健康情況。如果有不舒服，也要經由醫師來開藥服用，相對於古早時期的禁忌、猜想和法術，這才是正確有效的「安胎」方法。

## 病子歌

### 正月

夫：正月順來呀囉桃花開。
妻：娘擔病子哩嘟無人知。
夫：君今問娘仔囉你愛食啥物？
妻：愛食彼個山東的香水梨。
夫：愛食我來去買。
妻：呀你買乎我食。
合：唉喲尫某啊喂。

### 二月

夫：二月順來呀囉田草青。
妻：娘擔病子哩嘟面青青。
夫：君今問娘仔囉你愛食啥物？
妻：愛食彼個青蚵來打生。
夫：愛食我來去買。
妻：呀你買乎我食。
合：唉喲尫某啊喂。

## 三月

夫：三月順來呀囉人播田。

妻：娘擔病子哩嘟心艱難。

夫：君今問娘仔囉你愛食啥物？

妻：愛食彼個老酒一大矸。

夫：愛食我來去買。

妻：呀你買乎我食。

合：唉喲尪某啊喂。

## 四月

夫：四月順來呀囉日頭長。

妻：娘擔病子哩嘟面帶黃。

夫：君今問娘仔囉你愛食啥物？

妻：愛食彼個仙草滴白糖。

夫：愛食我來去買。

妻：呀你買乎我食。

合：唉喲尪某啊喂。

## 五月

夫：五月順來呀囉人扒船。
妻：娘擔病子哩嘟心憂悶。
夫：君今問娘仔囉你愛食啥物？
妻：愛食彼個五香的雙糕潤。
夫：愛食我來去買。
妻：呀你買乎我食。
合：唉喲尪某啊喂。

## 六月

夫：六月順來呀囉是夏天。
妻：娘擔病子哩嘟心傷悲。
夫：君今問娘仔囉你愛食啥物？
妻：愛食彼個新出的紅荔枝。
夫：愛食我來去買。
妻：呀你買乎我食。
合：唉喲尪某啊喂。

## 七月

夫：七月順來呀囉秋風來。
妻：娘擔病子哩嘟心礙礙。
夫：君今問娘仔囉你愛食啥物？
妻：愛食彼個豬肺炒鳳梨。
夫：愛食我來去買。
妻：呀你買乎我食。
合：唉喲尪某啊喂。

## 八月

夫：八月順來呀囉是中秋。
妻：娘擔病子哩嘟面憂憂。
夫：君今問娘仔囉你愛食啥物？
妻：愛食彼個麻豆的文旦柚。
夫：愛食我來去買。
妻：呀你買乎我食。
合：唉喲尪某啊喂。

## 九月

夫：九月順來呀囉厚葡萄。
妻：娘擔病子哩嘟無奈何。
夫：君今問娘仔囉你愛食啥物？
妻：愛食彼個羊肉炒黑棗。
夫：愛食我來去買。
妻：呀你買乎我食。
合：唉喲尪某啊喂。

## 十月

夫：十月順來呀囉人收冬。
妻：子兒落土哩嘟腹肚空。
夫：君今問娘仔囉你愛食啥物？
妻：愛食彼個麻油炒雞公。
夫：愛食我來去買。
妻：呀你買乎我食。
合：唉喲尪某啊喂。

## 換你來解謎

1、關於小嬰兒是從哪裡來的，世界各國有不同的神話傳說，說說你所知道的其他說法。

2、「病子歌」要傳達的是什麼樣的感情？

3、你覺得那些懷孕中的禁忌有道理嗎？它們為什麼會流傳得那麼久遠呢？

# 3 五嬸不肯乖乖坐月子

我小時候，不過就是六年前，由於本人長得非常可愛，大大的眼睛、小小的嘴巴、膨膨的兩腮，因此常常成爲親友們爭相邀請的婚禮嘉賓——花童。

當花童很簡單，不必笑口常開，也不要求迷人的姿勢，只要不哭不鬧，乖乖的給人化妝，穿上小禮服，聽從指揮，就可以賺到「大紅包」。聽從什麼指揮呢？非常簡單喔！提提花籃啦！拉起新娘禮服的長尾白紗，跟在後頭走啦！站好給人照相啦！

還有一種，不必打扮成花童也能賺「大紅包」的方法，那就是新娘禮車駕到時，手捧一盤柑橘到車門前，給剛下車的新娘子摸一下就行了，任務超級輕鬆。

只可惜這麼「好康」的打工機會，在五嬸的大兒子，也就是我的大堂弟「鄭有和」三歲之後，就全都給他奪走了。

記得五嬸嫁來那一天，禮車門打開時，就是我「捧柑仔」去給她摸的。我賺到一個一千塊的「大紅包」，然後紅包瞬間轉進我媽手裡，我成了過路財神。

不過這不影響我快樂的心情，在等待喜宴的同時，我邊吃著「孔雀捲心餅」邊去找新娘子。因爲在「捧柑仔」的時候，我近距離的看了她，覺得她很漂亮。

我偷偷潛進新娘房，看見一尊美麗的大理石雕像。其實那是我的五嬸，一襲雪白婚紗的她，孤單的坐在梳妝台前面。

「你好漂亮。」我很眞誠的拿起一顆餅乾，又說：「請你吃。」

「啊！你好可愛，你是誰？」她親切的問。「你幾歲？」

「我是鄭有禮，今年六歲。」

「有禮呀！你好乖，可是新娘在入席前不能吃東西，你吃就好了。」

然後她又問我是誰的孩子，有沒有讀幼稚園……等等。就在一問一答中，我把餅乾吃完了，胃也撐滿了，後來吃酒席的時候，只想喝汽水。

就因爲這樣，五嬸對我印象深刻，特別疼我。在大醫院擔任護士的她，有時拒絕不了病人私下贈送的水果，拿回來之後會偷偷塞給我吃。她總是左顧右盼，小心翼翼的壓低聲音說：「噓！不要跟別人講。東西不夠分給每個小孩，所以不能公開，不然人家會說我偏心。」

想不到，我當時沒有送出去的餅乾，竟然換到那麼多蘋果、葡萄、水梨……，而且都好大顆，好香甜，眞是賺翻了。

後來大堂弟出生，我跟爸媽到醫院去看五嬸，只見她躺在病床上，臉色蒼白，苦笑說：「三哥三嫂，我平常看到那麼多產婦在唉唉喊痛，沒什麼感覺，今天才知道他們的痛是那麼的痛。我足足痛了兩天，生的時候更痛，眞是生不如死，痛到好想去撞牆喔！」

媽媽握著她的手，笑著說：「第一胎都是這樣啦！以後就很快了。」

媽媽看我一眼，又說：「你看有禮，是我的第四胎，我還記得那時候剛吃完晚餐在收拾餐桌，忽然覺得肚子痛痛的，接著羊水破了。我趕快叫你三哥去找產婆，有蕙扶我躺到床上，然後我喘口氣，噗！就生出來了。」

「哈！哈！哈！」我被那個「噗！」逗笑了。

可是奇怪，五嬸卻不笑，反而紅著眼眶，憂愁的說：「我都沒有帶孩子的經驗，真擔心能不能把孩子養大……」

爸爸說：「你這個呆瓜，家裡面那麼多人幫忙，完全不用操這個心。」

「你啊！」媽媽鄭重其事的說。「現在最需要擔心的，是好好坐月子。」

說著，就把帶來的小提鍋打開，瞬間一股濃厚的麻油香和米酒嗆竄進人鼻子裡。

「我知道，麻油可以促進子宮收縮。」五嬸說著，坐起來吃。

這時阿公和五叔走進病房，阿公笑呵呵的說：「我剛剛去看過小孩了，長得很漂亮。進福，你再帶他們去看。」

「好。」五叔滿面春風的帶我們去育嬰室看小寶寶。

透過透明大玻璃窗，我看到裡面至少有三十個小寶寶，每個都露出紅通通的小臉，長得沒什麼大差別。經過五叔指點，我終於看見期待已久的新生命，那時他正慵懶的打著呵欠呢！

哼！就是這小子「鄭有和」，後來搶走了我當「花童」的獨門生意。不過，聽說我哥鄭有義只當了一次花童就被我取代，看來「長江後浪推前浪」，「江山代有才人出」，我也就不跟他計較了。

五嬸那時很聽阿嬤的話，乖乖的坐足四十天的月子，只是她天天愁眉苦臉，像是監獄裡的囚犯。還會埋怨說自己全身亂七八糟像個瘋婆子。終於忍到最後一天，她請小姑姑看孩子，然後換上一件蕾絲長裙裝，穿上高跟鞋，跑去大姑姑的美髮店。首先把封藏已久的頭髮大洗特洗，接著又剪又燙，還修指甲，擦指甲油，夾睫毛，徹頭徹尾的大變身。

當她重新踏入家門時，眉飛色舞，踮腳跳步，滿嘴哼歌。那時我終於了解，原來童話中的灰姑娘變成公主，大概就是這麼一回事了。

五年過去了，這一回，五嬸生了二堂弟「有平」，卻不肯老實的坐月子，第一天就洗頭，還吹頭髮，阿嬤知道之後非常不高興。

第三天，小寶寶已經抱回家了，阿嬤趁著去給他「作膽」的時候，苦口婆心的對五嬸說：「玉芬啊！你要聽話啦！三十多年前，我生完進泰之後，剛好遇到年底大掃除，我仗著自己體力不錯，又刷又洗，爬高爬低的，忙得手腳痠、抽、痛。那時年輕，不覺得有什麼了不起，心想休息個兩天就可以恢復了，沒想到這一痠、抽、痛就是三十多年，一路打針吃藥都無法斷根。」

「卡桑，那些規矩，我生第一胎時就已經老老實實的做過了，可是四十天不洗頭，實在太痛苦了。」五嬸理直氣壯的說。「我們當護士的還不懂嗎？那些說法很多都沒有科學根據。」

「不要不信啊！」阿嬤撫著手腕，皺著眉頭，又嘆氣說：「唉！人家說『月內風沒藥醫』，眞的是這樣。不只是我這樣，菜市場賣菜的阿桑和賣魚丸的頭家娘，一個常喊頭暈，一個常說眼睛澀，也都是『月內』時頭去吹到冷風和流眼淚造成的。你不信，到時候就知道痛苦了。」

但無論阿嬤怎麼說，五嬸就是不肯聽從，連阿公都好焦急。

第四天，阿嬤把我找去，說：「有禮，你五嬸最疼你，你去跟她講，叫她好好的坐月子。」

「不要。」我尷尬的說。「我又沒有生過孩子，完全沒有說服力。阿嬤，我們老師有教『青年守則十二條』，你乾脆寫一張『坐月子守則』給她，她想看的時候自己看，你就不用一直對她碎碎念了。」

「這辦法聽起來不錯，但是不行啊！阿嬤是在日本時代讀日本公學校的，會寫的漢字沒幾個。如果用日文寫，我恐怕也寫不出來，就算寫出來，你五嬸也看不懂。」

「要不然，你講給我寫。」

「你寫的字，她一看也知道……」

後來我們決定，由阿嬤口述，我先寫下來，然後阿嬤再抄寫一遍。

想不到這份「守則」寫著寫著，最後寫成了一封信。

親愛的玉芬：

卡桑這幾天實在很煩惱，包括你的多桑也是一樣，因為你一直不肯好好聽我們的話。坐月子真的很重要，不小心一點的話，一輩子都會被病痛纏住，很可憐的。卡桑是過來人，深受其害，不希望你將來跟我一樣。現在我把該注意的事項寫給你，你要詳細讀完，真正去做，好嗎？

第一、四十天內不能洗頭，不能吹頭髮，不然以後會頭暈、頭痛。第二、不能刷洗東西，爬高爬低，不然手腳會痠痛。第三、禁吃甘蔗，禁啃肉骨，否則會掉牙齒。第四、不能哭，不然以後眼睛會痠澀。第五、不要站跟坐，要盡量躺著，龍骨才不會受傷。

四十天而已，你要多忍耐。很多「月內風」在少年時不明顯，到了五十歲以後才開始發作，拜託你要聽話，不要讓卡桑一直煩惱，擔心你到你五十歲啊！

卡桑筆

我自認爲文筆已經很淺顯了，想不到阿嬤邊抄還邊問我，幾乎每個字都很陌生。看她彎著背，架著老花眼鏡，吃力的刻畫筆順，眞希望五嬸能體會阿嬤的用心良苦。

當我擔任信差把信送去五叔家給五嬸時，小姑姑也在那兒看小寶寶。小姑姑一把搶過去讀了，驚訝的說：「天哪！這是卡桑破天荒寫的第一封信耶！竟然被五嫂你得去了，這眞是你的榮幸啊！至於卡桑的愛心，我看，你就不要辜負了吧？」

我也把阿嬤寫字時，艱難辛苦的模樣講給五嬸聽。

五嬸疑惑的拿走信紙，愼重的讀著，然後一邊讀一邊紅了眼眶。

「不行！不行！不能流眼淚。」我和小姑姑急忙提醒她。

五嬸忍著淚，眨眨眼睛說：「我知道啦！唉……四十天不洗頭，我怎

麼受得了……好啦！你們去跟她說，我會忍耐啦！」

哇！任務順利完成，我開開心心的回去覆命。阿嬤聽了我的報告之後，臉上一掃陰霾，然後她帶我去找阿公，阿公聽了之後綻放笑靨，我這「小小傳令兵」當得好有成就感喔！

到了第十一天，小姑姑來跟爸爸要了一小包「紅番仔染」，說是要做「紅蛋」。

隔天阿公阿嬤去給有平「剃髮」，好收集起來請人家製作「胎毛筆」。五嬸家的桌上已經擺了一大臉盆做好的「紅蛋」，準備在剃髮後，分送給親朋好友。

地上也有臉盆，裡面還裝有水和其他東西。阿嬤抱著小有平，輕輕的把他的頭挨向阿公手中的剃刀，阿公則是小心翼翼的把那些細嫩的幼毛緩緩刮下來。

剃完之後，阿嬤拿紅蛋在有平的頭頂滾三回，嘴巴唸著：「乎你頭殼頂紅紅，紅頂做大官……」

蓬頭垢面的五嬸把我拉到一旁，橫眉豎眼的瞪著我，小聲發牢騷：「鄭有禮，看你害的，我又變成瘋婆子了……」

# 生命禮俗小百科

## 作膽

初生嬰兒第三日要洗澡時，在水中放桂花心、龍眼葉、三顆石頭和十二枚銅板，煮滾後放涼，用這水給嬰兒擦澡。桂花心和龍眼葉是祈福孩子富貴、子孫滿堂；銅板是祈福財源廣進；石頭是祈求孩子頭殼堅硬，膽子壯大，勇敢堅強，不要隨便受驚嚇而哭鬧難安眠、拉肚子、食慾不振，難以撫育。

## 剃頭

初生嬰兒十二日可第一次剃頭，刮去胎髮。用臉盆裝水，水中放十二枚銅板、三顆小石頭、十二個紅蛋、一根蔥。蔥有「聰明」的寓意，而紅蛋浮在水面上，是期盼小孩常常有笑容（好笑神），有人緣，得人疼。

## 換你來解謎

1、你有沒有當過花童？如果有，能否說說你的經驗和感想？

2、為什麼婦人生產過後需要坐月子？

3、你知道世界各國的人怎麼坐月子嗎？

4、你認為那些坐月子的禁忌有道理嗎？為什麼？

5、你覺得阿嬤是基於什麼樣的心情，堅持要五嬸好好坐月子呢？

# 4 有人被催婚

星期天一大早，我就被一股「異香」喚醒。

當我張開惺忪睡眼，坐起來大大吸口氣，才分辨出這股特殊的香味是甜甜的米飯香。我很納悶，平常媽媽煮粥，米香並不會這麼濃郁，今天怎麼會穿越三個房間，飄到我這兒呢？

我奔到灶腳（廚房），這才發現阿嬤、大姆、二姆和媽媽都擠在裡頭忙碌著。一旁有三個電鍋在煮飯，瓦斯爐上也架了兩個大鍋子，同樣噴著米香的水氣。而桌上擺了好多大盤子，裡面分別是滿滿的油蔥、香菇、肉絲、蝦米、魷魚……，天哪！他們在做的，不正是我最愛吃的油飯嗎？

大姆在大灶裡起了油鍋，將那些佐料一一撥下，只見一朵朵白色的蕈狀雲向上噴爆。大鍋鏟炒得哧哧喳喳，各具特色的鮮香味層層疊疊，很快化成一股深厚濃重的古早味。接著半瓶醬油淋下去，瞬間又竄出濃濃的豆醬香。這時大灶裡稍稍靜下來，滾起了咖啡色的熱泡，但油煙和水氣各自擁兵在空中纏鬥，瀰亂了整個屋子，害我焦躁的踮起腳尖，肚皮也跟著扭動起來。

「我要吃油飯。」我激動的說。

「不行！今天是有平『滿月』，這油飯要分送給親友吃的。」我媽抹著額頭上的熱汗，嚴肅的回我：「去吃粥，送完親友之後，剩下的才能自己吃。」

我悻悻然的走到飯廳，囫圇吞下一碗番薯粥，這才打起精神回到房間，面對我的假日作業。

我必須跟一大堆作業奮鬥。國語的圈詞都要寫一行，數學十題，還要畫一張圖，實在很傷腦筋。

我快馬加鞭，很快完成了一大半。忽然五歲的大堂弟有和出現在我身邊。他的臉皺起來，眼角泌出淚滴，一隻手握緊拳頭，彷彿忍著什麼委屈。

「怎麼了？」我驚訝的望著他。

「帶我去丟……」說著，他打開握緊的右手，一顆小小的、黏黏的、帶血絲的牙齒赫然出現。

「喔！原來是乳牙掉了。」我離開桌椅，蹲在他面前。「哪一顆？嘴巴張開給六哥看一下。」

他張開嘴，一支小食指抵住下顎的缺洞。

「下排的牙掉了，要丟到屋頂上，這樣才會長新牙。」難怪他要來找我，因爲上次他掉牙時我曾經帶他去丟過。他需要我幫忙，因爲他個頭小，力氣不足，丟不上屋頂。「走，六哥幫你。」

六哥就是我，因爲在家族這一代中，我是男生裡面排行第六的。有和自從他弟弟有平出生之後，也升級爲七哥了。再過幾個月，等六嬸生了小娃兒，就換有平要變成八哥。

哈！八哥。呱啊哇！

我看有和嘴裡還有缺牙，是上排的，便問他：「上面掉的呢？」

「我都有歪歪（乖乖）的丟到床以（底）下。」他講話非常「漏風」，超可愛的。

「很好，很乖，這樣上排的缺牙很快就會往下長。」

我拉著他的小手走到三合院的稻埕上，然後拿起他的小牙齒，奮力的丟上屋頂。

只見他瞇著眼睛往上看，咧開嘴展露笑容：「耶！牙屎（齒）很快就會往上擋（長）出來了。」

「沒錯！」

這時我二姊有蘭從屋子裡走出來，手裡拿著一包報紙包裹的東西。

我好奇的問：「你要去哪裡？」

「去大姑姑家，她之前要我把頭髮賣給她，我考慮了一年半，決定賣了。」她說。

「不會吧！那不是你最寶貝的東西嗎？」

想當初二姊有蘭升國中時，爲了符合「清湯掛麵」耳垂上一公分的短髮規定，必須剪掉留了八年的長辮子。那時的她在大姑姑的美髮店裡傷心哭泣，彷彿跟情人訣別一般，而且把那一條剪下的辮子緊緊的擁在懷裡，深怕被人搶走似的。後來她還用絲巾愼重的包起來，藏進抽屜最深處，而現在居然捨得賣掉？

「喔！現在不是了。」她笑著說。「現在我最愛的是書籤，我需要錢買書籤。」

原來如此，我看過她的「書籤冊」，就像相簿一樣，裡面蒐集了各式各樣的書籤，上面的圖案多半是她最鍾愛的偶像明星照，或是美麗的風景，然後配上一兩句座右銘或心情小語。

「你不是已經有五本了嗎？」我問。

「那怎麼夠？」她把頭一甩，逕自往外走了。

小姑姑從另一廂房走了出來，問說：「你們兩個在這裡幹什麼？」

我把有和掉牙的事說了一遍。

小姑姑蹲下來：「嘴巴張開，我看。」

有和又張開嘴。

「好，沒有流血了，沒事了。」

她站起來又說：「有禮，你今天放假，等一下帶你出去玩。」

「可是我在寫作業，而且今天是有平滿月，你不用幫忙嗎……」

「我也要去！我也要去！」有和嚷嚷著。

小姑姑對他說：「不行，你太小了，你乖乖在家，我們回來以後買養樂多給你喝。你要不要乖？不乖就沒有囉！」

「要！」有和立刻像隻小綿羊，柔順的回答。

擺平了小的，她對我下令：「滿月禮是晚上的事，我們下午回來還來得及，而且是阿公叫我不用幫忙，叫我出去玩的。你的功課晚上再寫，我給你二十塊去租漫畫。半小時後帶著漫畫準備出發，現在開始不要再吃東西，中午有很多東西要吃。」

哇！這是什麼「好康」的？帶我出去玩，還要我看漫畫，吃很多東西？

看我一臉狐疑，小姑姑瞪大眼睛說：「叫你做什麼，你照做就對了。」

小姑姑在家族裡學歷最高，長得高挑漂亮，又是氣質優雅的國中國文老師，她說的話句句權威，我只有乖乖聽的份。

我趕緊去租了四本漫畫，然後穿上布鞋，在客廳等著。不久小姑姑出現了，換了一襲厚重的藍長褲和黑外套，外加一頂棕色毛帽，還有她的小背包。

「很好，這四本都帶去。」她說。

「什麼時候走？」

她看了一下手表，「就來了。」

果然，來了。是一輛深紅色的小轎車，開進了稻埕。

一位禿頭的中年男子開車門走過來，笑容可掬的對小姑姑哈腰鞠躬：

「哈！進雅老師，我們走吧！」

我站起來打招呼：「叔叔好。」

小姑姑馬上更正：「叫『阿伯』才對。」

「阿伯好。」我趕緊改口。

「還有，我有姓，請叫我鄭老師。」她對那個「阿伯」說。

「呵！失禮，失禮，鄭老師請，鄭老師請。」

「走吧！」小姑姑挽著我的手臂。

「阿伯」的臉色突然大變，「啊！這……」

「唉！」小姑姑嘆口氣，無奈的說：「沒辦法，我三哥的孩子從小就愛黏著我，他很想跟去，我也沒辦法。」

我忽然覺得被人打了一記悶棍，又不能喊冤。倒是「阿伯」還是很客氣：「好，好，歡迎，歡迎。」

上車後，車子直往嘉義市區走。

「請問鄭老師，你中午想吃什麼？」

小姑姑轉頭問後座的我：「有禮，你愛吃什麼？」

「我愛吃油飯。」我說。

「唉喲！難得出來玩，吃什麼油飯？我知道你愛吃魚，那麼我們就去吃日本料理吧！」小姑姑提高音調說。

「沒問題。」「阿伯」爽快回應。

於是車子停在一家高級日本料裡店，叫了三份最高級的定食，外加一大盤的綜合生魚片和壽司。分量很多，小姑姑吃不完，一直夾她碗盤裡的東西過來。那個生魚片既鮮甜又滑嫩，壽司酸酸香香的，裡面還包了鰻魚、干貝、炸蝦，加上定食裡的烤香魚、茶壺湯、茶碗蒸、炸蔬菜……，我發誓，那是我吃過最美味的一餐，而且吃得肚皮超級撐的。

結帳之後，「阿伯」提議到蘭潭去走走，小姑姑也同意。

雖然是冬天，但天氣不錯，不會很冷，我們停車後就來到一處涼亭休息，欣賞一湖平靜的山水美景。

「有禮，你坐在這兒看漫畫。」小姑姑指著她左邊三十公分的地方。

我聽話的坐下，開始沉浸在書香世界，只偶爾聽見小姑姑有一搭沒一搭的跟「阿伯」回應：「喔。」「嗯。」「是嗎？」「怎麼可能？」「哼！我才不信。」

回到家時才下午三點半，家裡面已經聚集了很多人，連五嬸那邊的親家公、親家母、大舅、小舅都來了。大桌上擺滿了像大乳房一般的「紅圓仔」，另一桌是用大鐵盆盛裝的滿滿的油飯，媽媽和阿姆們都拿大碗公在分裝。

我媽說：「有禮，快來幫忙，這紅圓仔是親家公帶來的，你拿一份，再拿一碗公的油飯，到對面巷子拿給大舅公。」

我放下漫畫，趕緊去辦事。

大舅公拿到後很高興，叫我等一下。他把油飯倒進他家的盤子，然後在碗公裡面裝了白米，讓我帶回家。

就這樣來來回回，我跑了好幾趟親戚鄰居家送東西。本以爲可以消耗體力，讓肚子餓起來，好吃我最愛的油飯。可惜事與願違，我的肚子還是撐得不得了，油飯是一口也吃不下。

匆忙間，我斷斷續續聽見小姑姑跟媽媽、阿姆們的對話。

小姑姑說：「有和太小了，只有五燭光，不夠亮。有禮有十二燭光，亮度才夠……那隻老猴，也不看看自己是什麼樣子，也肖想……」

二姆說：「你都三十二歲了，就不要再挑了，聽說人家吳董是白手起家，自己開公司的……」

「那又怎麼樣？我明明跟多桑說我不去，他偏偏看在公司董事長的美名，硬叫我去。你們都幫我作證喔！我有去了喔……」

大姆說：「唉喲！眼光不要那麼高啦！聽起來條件不錯啊……」

「什麼？那隻老猴，頭上沒半支毛，看起來跟多桑一樣老了，還想跟我約會……」

媽媽說：「媒婆說對方才大你八歲，哪裡是什麼老猴？你不要那麼挑剔的話，早就嫁出去了。俗語說：『揀啊揀，揀到賣龍眼』……」

「哼！賣龍眼的如果是個年輕的『緣投仔桑』（大帥哥），那有什麼關係……」

其實我早就知道小姑姑是故意帶我去當「電燈泡」的，那個「阿伯」好可憐喔！背後被人嫌成「老猴」，還白白花了那麼多錢。

終於忙完，小姑姑過來對我說：「鄭有禮，今天要謝謝你，還好有你在，我才沒有被那隻『老猴』非禮？」

「眞的假的？有那麼恐怖嗎？」我渾然不知耶！

「他想牽我的手，我趕緊比著你，他才停的。」小姑姑說。「你說，想要什麼獎品？」

「不要，我吃得很開心了。」我看牆上的時鐘，已經晚上八點多了。「不過，你害我快沒時間完成功課了。」

「我可以幫你畫圖……」

「眞的嗎？」畫畫是我的弱項。「太好了！」

想不到她補了回馬槍：「呵！如果你不怕我跟你們老師講的話。」

「啊！」我嚇一跳，趕緊還她一個白眼。「那不用了。哼！」

我家小姑姑就是這種狠角色，誰都休想占她便宜。

這時我又忽然覺得，那個「老猴」沒有被她愛上，還眞是「上輩子燒了好香」呢！

## 生命禮俗小百科

### 滿月

嬰兒出生滿一個月稱為「滿月」。當日要用油飯、雞酒、紅龜粿來拜神明和祖先，娘家人要帶嬰兒的衣服來送給小嬰兒穿用，包括：帽子、上衣、褲子、鞋襪等等，叫做「送頭尾」。同時把象徵鎖住生命不被厄運傷害的金鎖片、銀鎖片、手鍊、腳環等送給嬰兒當紀念。娘家還要送「紅圓仔」過來，讓婆家去分送親友，婆家則送油飯給娘家帶回去，分送給他們的親友，跟大家分享喜悅和福氣。

## 換你來解謎

1、你有吃過滿月油飯嗎？你知道在現代社會，除了油飯，還有沒有什麼替代的滿月禮適合分送親友的呢？

2、為什麼小嬰兒出生滿一個月，大人就要為他慶祝呢？分送油飯給親朋好友，為的又是什麼？猜猜看這個禮俗的原因。

3、小姑姑對吳董表現出不友善的態度，從哪些細節可以看出來？

4、如果有人追求你，你卻不喜歡對方，你該怎麼做才對呢？

5、如果你是小姑姑，你會勉強自己去跟吳董約會嗎？為什麼？

5

# 趨吉避凶妙方多

想當初小有平的哥哥有和出生的時候我才七歲，那時候有和很會吃奶，睡得又安穩，很快就長得白白胖胖，成長的速度之快，彷彿就跟搖籃曲裡面講的一樣：「一眠大一寸。」他那肥肥嫩嫩的手腳，看起來比白水煮爛的豬腳還誘人，難怪傳說「虎姑婆」愛吃小孩子的小指頭，就連我看著都想咬一口呢！

那時候電視上的布袋戲風靡全台，有一次我看著五官玲瓏有致的小有和，忍不住誇讚說：「好可愛喔！好像布袋戲偶喔！」沒想到立刻招來一旁二姆的責備：「呸！呸！呸！小孩子亂講話。」

「我沒有亂講話，眞的很像啊！」我感到委屈。

「不能這樣亂講，有個燈謎說：『出門活跳跳，入門死翹翹，無腸也無肚，使人樂逍遙。』講的就是布袋戲偶。你希望小孩子無腸無肚，入門死翹翹嗎？」

「不！」我急忙搖頭。

二姆又說：「布袋戲偶有體無魂，人是有體有魂，不要把人講成布袋戲偶，很恐怖的。」

「好！」我點頭如搗蒜，把這件事牢牢記住。

所以，一個多月前，阿祖和阿嬷提醒懷孕的六嬸許多禁忌，說到孕婦不可以看布袋戲，免得小孩子生出來軟骨頭，我就明白了。

吃完冬至湯圓後，全家開始大掃除，阿嬤再三叮嚀大家，要小心點，不要隨便搬動家具，不可以在牆壁上釘東西，免得「動著」脆弱的胎神，而傷到六嬸肚子裡的小寶寶。

趁過年前，五嬸帶六嬸去產前檢查，一切順利，倒是五嬸的小有平不平靜呢！

這個小有平，跟他哥哥有和小時候很不一樣。馬路上只要有車子按嗚喇叭，或是有神轎經過吹嗩吶、敲大鑼、放鞭炮，他就會嚇得全身振動，握緊雙拳，大聲號哭。漸漸的，他越來越誇張，沒事也亂哭，還拉肚子，拉出青色的便便，吃奶也吃得慢，體型一直瘦瘦小小的。

經驗老到的阿嬤，指著有平的嘴巴說：「你們看，他嘴巴旁邊一圈都泛青色，是被驚嚇到了，得要去找『先生媽』收驚才行。」

隔天，阿嬤抱著他到媽祖廟後面的巷子裡，給一個歐巴桑收驚，我好奇的跟去看。

那個「先生媽」的家不是一般幫人收驚的神壇，裡面沒有神明林立，沒有香煙繚繞，只是間清清爽爽的平常住家。

「先生媽」梳著一個膨膨的頭，額頭上有一顆突起的黑痣，半瞇著眼睛，給人感覺很神祕。小有平被放在大桌上，因爲環境陌生而開始大聲啼哭，但「先生媽」不爲所動，非常冷靜的朝他看左看右，像是個觀察白老鼠的偉大科學家。

「是，驚到了！」她話一落，立即拿起一旁的搖鈴搖起來「鈴……鈴……鈴……」，口中唸唸有詞：「囝仔毋通驚，囝仔毋通驚，拜請　觀音媽、湄洲媽、七娘媽、註生媽、臨水夫人、床頭媽來收驚。天上眾媽，雲

中看，魂無驚，魄無驚，心肝定，定心肝，魂魄入心肝，乎你會好命……」

「哇——哇——」小有平一定是嚇壞了，哭得更悽慘。

剎那間，「先生媽」不知從哪裡拿出一根細針，捻在自己的手指頭上，露出幾乎不見的針頭，快速的在咒語聲中點了小有平的額頭和手腳。

「哇——哇——」

雖然那力道看起來非常輕微，但我猜小有平一定有感受到皮膚刺痛，因爲他哭喊得更激動，整張臉都漲成豬肝色。

最後她打開一罐「八寶散」，用食指沾藥粉，伸入有平的嘴巴，老實不客氣的塗抹在他的小舌頭上。小有平彷彿受虐兒，哭得急喘喘的，手腳不停的擺動。

我覺得小有平好可憐，這樣被擺弄著，一定很痛苦。但妙的是，那天晚上他一反常態的非常安靜，睡得沉沉的、乖乖的。

不知道那是因爲他白天哭得太累了，很想休息？或者搖鈴的聲音有鎮定的功能？「先生媽」唱的是古老催眠曲嗎？還是那一罐「八寶散」藥力很強大？反正阿嬷笑了，五嬸輕鬆了，五叔也可以一夜好眠了。

送完灶神上天之後，我們小孩子就被叫到糕餅工廠幫忙炊「發粿」。我們家的發粿跟一般人家用米漿做的不同，我們是用雞蛋和麵粉做成蛋糕形狀的發粿。

當麵糊打好，一一舀進模具紙內之後，還得用鐵尺沾沙拉油，插入麵糊中兩次，形成一個「十」字，好讓它在炊蒸的時候順利的裂成四瓣，製造出「發」的效果。

另一邊，爸爸和師傅們在製作特殊的點心：金光豆和棗仔。

前者是油炸花生豆裹糖衣；後者又稱寸棗條，是一種油炸糯米粉條甜食，裹上糖漿糖粉，每條約小指頭一般大小，兩種吃起來都很香脆。這都是過年期間才有賣的，是祭祖必備的供品之一，也是大家互相走春時客廳桌上的零嘴點心。

無論是哪一種產品，都非常花功夫，而且過年期間需求量很大，師傅們必須搶快，個個忙成了三頭六臂。因此即使在大寒天，大家頭上都冒著熱汗。

同時，糕餅店的生意大爆發，店裡的人潮都湧到馬路上，因此大伯、二伯、五叔、六叔、七叔都自動排假，去幫忙賣東西。

忙碌的日子過得特別快，一下子除夕就到了。

除夕的早上，大伯把圍籬裡面養了好久的五隻雞鴨都抓來，大姆和二姆就在水井邊殺雞殺鴨。灶腳裡也非常忙碌，小姑姑、媽媽、五嬸和阿嬤都忙著洗菜、切菜，六嬸負責掌廚，一旁是六叔帶來的各類海產。

中午時，工廠電話響起，催促大家回去祭祖。爲了不耽誤工作，我們小孩子只得輪番回去拜拜。

只見神桌不夠用，一旁併了餐桌，桌上滿滿是菜，有：燻鴨肉，白斬雞、大封肉、五柳枝白鯧、熱炒甜蝦、麻婆豆腐、三杯中卷、酥炸田雞、金針排骨湯、炒米粉、冬筍炒冬菇、長年菜滷、貢丸湯……，都是婆婆媽媽們一早辛勞的結晶。

祭拜完，草草吃了炒米粉，大家又回到工作崗位繼續努力。

到傍晚六點，阿公給師傅們紅包，大家才收工，各自回家吃團圓飯。

當然，我們家人全都回到三合院，圍成三大桌。

平常每一房自己開伙，彼此交流食物，但是在這種節慶時就會一起聚餐，人多勢眾那眞是熱鬧烘烘，一點都不輸給總鋪師的辦桌場面。

吃完年夜飯後，阿公恭謹的奉上紅包給阿祖。接著爸爸、叔叔、伯伯、姑姑也笑瞇瞇的遞上紅包給阿祖、阿公和阿嬤。然後阿公把另外二十幾個寫好名字的紅包交給阿祖，由阿祖來發壓歲錢。每個兒、孫、媳婦、曾孫都有，人人都要說吉祥話，逗得阿祖笑開懷。由於過程複雜，因此花了一個多小時。

領完紅包，阿嬤手拿三張紅紙，對大家說：「進安、有愛、有禮，你們過了冬至分別是三十六、二十四、十二歲了，都犯太歲。明天媽祖廟門開，我會去幫你們安太歲。」

那三張紅紙上寫的正是我們的生辰八字。每個人剛出生時，阿公都會把小嬰兒的生辰八字寫在紅紙上，然後收進神明桌的抽屜裡，小心保管著。

二堂哥鄭有孝，靠過去說：「我今年研究所要畢業了，然後就要去服兵役，請幫我安一盞光明燈。」

四堂哥鄭有信也出聲：「我今年要考大學聯考，也幫我安一盞光明燈，好嗎？」

「那是當然。」阿嬤說。「俊豪跟你一樣都是高三，明天我也幫他安一盞。」

黃俊豪是我的大表哥，大姑姑的兒子，他在他們家的機車行兼美髮店裡過年。

七叔說：「我想換工作，找一間有制度一點的公司，也幫我安一下。」

「可以。」阿公說。「但是不要常換工作。如果像歌星劉福助唱的『一年換二十四個頭家』，那是會讓人恥笑的。」

「當然不會。」七叔說。「我跑業務的業績很好，只是公司爛，獎金少，頭家『凍酸』（吝嗇），年終獎金只給兩個月。」

小姑姑撥撥長長的捲髮，笑著說：「我也要光明燈。」

「爲什麼？」阿公問。

「我想在新的一年把自己嫁掉。」

「你還敢講？」阿公板起臉。「人家吳董人品好，又有大事業，也不過大你八歲，你就嫌人家臭老，叫人家『老猴』。你不好好約會，還敢說要把自己嫁掉？」

小姑姑也不是省油的燈，翹起下巴說：「吳董？吳董？他，是你喜歡的，又不是我愛的。反正我有跟他出去約會了，你還要我怎麼樣？」

「哼！」小姑姑轉身把眾人都看了一遍，癟起嘴說：「在大家庭就是沒自由、沒隱私，什麼事都傳千里。」

阿嬤回她：「是你自己講那麼大聲，四處對別人講『老猴、老猴』的，你還想怪誰呀？」

氣氛搞得有點僵，大姆趕緊跳出來打圓場：「唉喲！多桑、卡桑，那就表示沒有緣份啦！沒緣的人，我們就不用再講了，講了都是多講的啦！」

阿嬤說：「想要牽姻緣不是去安光明燈，而是要去求月老牽紅線才對。」

我媽說：「聽說台南有間廟，拜月老非常靈驗。」

阿公對小姑姑說：「打聽一下，叫你姊夫載你去一趟。還有，我這次會叫蕭媒婆去找你，你喜歡什麼條件的自己跟她講，我不管你了。」

「喔！太好了。」小姑姑露出誇張的笑臉。「這樣至少不會再有『老猴』

了。」

一聽到「老猴」這兩個字我就不開心，人家那個「阿伯」請我們吃了大餐，還帶我們去玩，實在不應該忘恩負義這樣講人家。

我哥「霍」的一聲站起來，臉色臭臭的。他揮揮手上的撲克牌，大喝一聲：「打牌！」

「耶——」我們小孩子全都振奮起來跑去房間玩牌，他們大人也不聊天了，拿出四色牌激戰

起來。

大過年的，玩牌還是比聊天好玩多了！

一開始我們只是玩趣味的，我哥不耐煩的說：「不好玩，賭錢啦！」

正好大家都領了紅包，又拗不過他的慫恿，堂哥堂姊們，還有我大姊都加入玩「梭哈」的賭局。

我哥玩牌的功夫眞不是普通的厲害，他很快贏了好多錢，然後看看時鐘，在我耳邊說：「鄭有禮，我晚上不會回來睡覺，你不准跟別人講，不然你就討皮痛。」

「喔！」我沒看他，點點頭。

他會跟我這樣講，是因爲我們同睡一個房間。接著他就偷偷摸摸的溜出門。

我知道他是去打麻將賭錢了，他有一群「兄弟」在等著他呢！而且照往常的經驗，他這一打不是一天一夜能結束的。

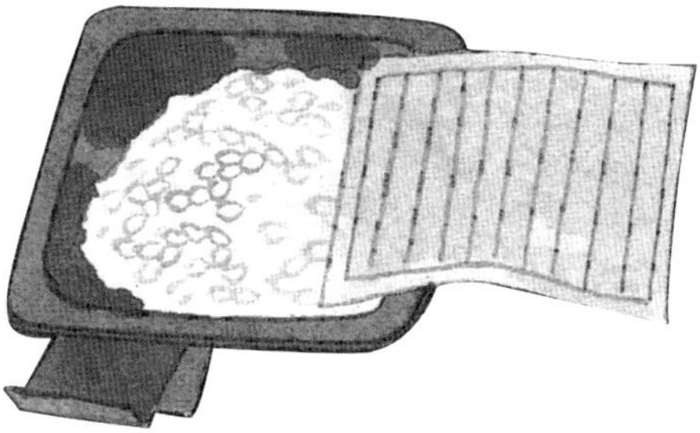

# 生命禮俗小百科

## 安太歲

安太歲是一種民間信仰，俗話說：「太歲當頭坐，無喜恐有禍」。一般認為當太歲運行到某個生肖的位置，屬該生肖的人，以及其相對生肖的人，都會有災禍降臨。例如：鼠年，太歲本命沖屬鼠的人，對沖屬馬的人，這兩種人都「犯太歲」。因應的方法是「安太歲」。

早期「安太歲」是在春節前後，以紅紙寫上「本年太歲星君到此」貼在家中，晨昏焚香拜拜。年底送神日時，將紙條撕下，與紙錢、紙馬一同焚化，代表「送神上天」。

今日，人們多半將「安太歲」的活動委由寺廟代為祭祀。

## 點光明燈

在佛教、道教的廟宇中，經常都設有光明燈，給信眾祈福之用。在民間信仰中，在春節正月期間，到寺廟點光明燈，有「照耀前途」的意義。

## 換你來解謎

1、你有在寺廟裡看過光明燈，或是到寺廟點過光明燈嗎？

2、你的生肖是什麼呢？對照你的生肖，你知道哪一年你會「犯太歲」嗎？

3、你認為這些趨吉避凶的方法真的有效嗎？為什麼？

6

# 大伯家的大自然廚房

小有平收過驚之後，有好睡一點，因此五嬸又帶他去收了兩次。不料，元宵節那晚，附近廟宇煙火鞭炮驚天動地的乒乒砰砰，放了一整晚，他又受到驚嚇，開始哭鬧不停。

五叔開小貨車在附近鄉鎮的夜市賣衣服，回到家都已經半夜兩三點，被有平一吵，整夜都無法闔眼。擔任護士的五嬸有時要輪大夜班，這時孩子沒人照顧，只得請我的媽媽或阿嬤代勞，大家都被他吵得筋疲力竭。

阿祖也被他吵得睡不安眠，對阿嬤說：「有沒有拜過床母了？」

「還沒有。」

阿嬤知道阿祖的意思，趕緊去買金紙，準備牲禮，到五嬸的房間拜拜。

平常初一、十五，我們都會拜客廳神明桌上供奉的媽祖，初二、十六「作牙」，則是在門口擺張小茶几，對外拜土地公。這是我第一次看見有人在房間內拜拜，感覺好新奇。

「床母是什麼？」我好奇的問五嬸，五嬸聳聳肩。

我又問阿嬤，阿嬤抱起有平，翻起他背後的衣服說：「你看，有平的背後有一小塊扁圓形的胎記，這就是人家說的『床母作記號』。」

這時阿公聽到消息，也來拜拜。他說：「自古相傳，囝仔出生就有床母在保佑他長大，現在有平『歹腰飼』（難養育），我們要請床母幫忙，保佑他平安順利長大。」

五嬸也抱著有平跪下拜拜，我也跟著拜了。

可惜啊！效果不彰，有平還是每天哭鬧不睡，搞得大家焦頭爛額。

五嬸想帶去看醫生，阿嬤卻說：「不行，萬一西醫給他吃安眠藥，那怎麼可以？」

大姆說：「這樣好了，我那兒有收集了一些『蟬蛻』，也就是蟬羽化時脫落的皮殼，我聽電台老中醫在說，煎水給小嬰兒喝，可以治小兒夜啼。」

「這有用嗎？」五嬸的不安比阿嬤還嚴重。「不會有副作用嗎？」

五嬸不放心，隔天就直接跑去中藥房打聽，結果得到肯定的答覆。於是就照著中藥房老闆的建議，三碗水煎煮成一碗藥，放涼後餵給有平喝。

沒想到這一招居然有效，而且比那「先生媽」的收驚還有用，小有平偶爾還會哼哼啊啊的叫，但是都不會大聲哭鬧了。

眞希望有平就這樣平安寧靜的「一眠大一寸」。

放春假時，當兵的三堂哥鄭有仁也放假回來了。他在過年期間因爲部隊加強戰備而無法休假，這時終於拿到由大伯轉交的「壓歲錢」。二堂哥鄭有孝的研究所也放假，大家都回來準備清明要掃墓。

有孝是二伯的大兒子，比有仁大四歲，只見他一直跑去找有仁問當兵的事。

「每天跑三千公尺，還是五千公尺？」

「二哥，你安啦！你有考上預官，操不到你啦！又不像我當大頭兵，要給長官操練到累死。」

「我聽說當官的也要跟著跑五千公尺，是嗎？」有孝說。

「那是預官排長，如果是輔導長就不一定了。」有仁經驗老到的說。「而且，我抽到的是陸軍，比較累。如果是抽到空軍或海軍，那就很爽了。而且陸軍還分步兵、砲兵、工兵、裝甲兵……很多種，每一種操練的程度都不一樣。」

有孝只得傻傻的笑說：「我請阿嬤幫我點了光明燈，不曉得有沒有效？」

「拜觀音，拜關公，拜耶穌，拜上帝，都好。」有仁說。「但是，最好還是每天去跑操場，拉單槓，練體能。」

他說完，居然往上一跳鉤住房門的上沿，賣弄什麼似的，驕傲的做起運動，「拉單槓，又叫做『引體向上』……呼……」

我覺得當兵好像不錯，在這有點涼涼的四月天，有仁堂哥已經換穿夏天的背心了。只見他的胳膊變粗了，肩膀、背部和胸部都長了肌肉，隨著身體上下而鼓脹著。

這時，在二伯的鐵工廠上班的大堂哥有忠跑過來，說：「喂！我媽在……在問，有沒有人要吃『半天筍』？你們，你們幾個，幫忙去……去各房，問問看。」

「怎麼會有『半天筍』？」有孝問。

大堂哥說：「我爸說，全家……全家只有阿祖在吃檳榔，我家……我家外面的檳榔樹太多，想……想砍掉一些，來……來種芭樂。」

「好耶！我愛吃芭樂。」我興奮的說。

大堂哥不管我，自顧自的，吃力的說：「你們快……快去問，說是可以切……切絲炒一炒，加在潤……潤餅裡面，吃起來很……很香很脆。」

你們一定注意到了，沒錯，大堂哥講話容易結巴。雖然講得慢了一點，但我還是聽得很清楚。

我跑去問我媽，我媽說：「當然要啊！這麼難得。」

我趕緊跑去大伯家回報，大姆算一算，得要砍掉九棵檳榔樹才夠。

說到我大伯家，可得好好的介紹一下，因爲他們家總有些奇奇怪怪的「珍饈」可以吃，而且屋子外花木扶疏，綠意盎然。

大伯家在離三合院外面約一百公尺處，旁邊是一塊稻田，是阿公作糕餅生意賺了錢後買的一塊田地。大伯是農會的推廣員，大伯和大姆又愛種田，阿公就把那一塊田地交給他們去種植。後來在田地旁蓋了紅瓦房，大伯一家就搬過去住。兩邊距離不遠，大姆常常拿東西回來給大家吃。

我猜大姆八成有「種植狂」，田裡除了種稻米，還分出一小塊地來種蔬菜和番茄。這樣還不夠，她還在屋簷下排上缸、桶、盆、甕，把雞屎、爛泥、剩飯、菜葉全倒進去，種花種草。搞得溝邊牆角開滿各色花朵，不僅四季飄香，招引鳴鳥蜂蝶，也常吸引我到那兒去玩。

石榴花紅如火焰，宛如熱情奔放的女郎；玫瑰嬌豔卻身懷利刺，是個被人寵慣得刁蠻任性的大小姐；黃槿抖落一搯黃蓬裙，猶如內外兼修的貴婦。

牆邊的玉蘭樹開花時，遠遠聞得到濃郁的香氣，大姆會摘下來，每天送給阿祖聞香。桂花開時，小姑姑會來討，拿回去泡烏龍茶，把甜甜的花香喝進肚子裡。曇花夜裡開，我看過一次，那種香氣帶著粉粉的味道，尤其月夜裡感覺好神祕。曇花一現後，大姆會剪下來送給大姑姑，煮成帶膠質的甜湯給大姑丈喝，據說對於長年吸機車廢氣的人有潤肺的功能。

更不用說菜園裡的青菜和空地上的野菜有多少了，中午煮飯前，大姆只要拿把鐮刀到外頭去繞一圈，地瓜葉、牧草芯、萵苣、空心菜、九層塔、過貓（蕨類）……都「搜刮」回來，所以很少見她上菜市場買菜。還有，她做的木瓜粿、草仔粿、金瓜米粉、山蘇豆豉炒魚乾……都非常好吃。

不只如此，二堂姊有淑有一次咳嗽很嚴重，吃了她做的「雞屎藤煎蛋」就好了。我哥打籃球扭傷了腳踝，她搗爛「左手香」敷在傷處包紮，三天復元。有一回我感冒喉嚨痛聲音沙啞，她用桑葉熬成甜湯給我喝，兩天就完全痊癒。難怪她對於她從樹幹上蒐集到的「蟬蛻」，充滿了信心。

大伯的田裡有田螺、青蛙、泥鰍，有時他會抓泥鰍，或做些鉤鉤釣青蛙，給大家添菜，而圈養起來的雞、鴨，則成了在年節時供應大家祭拜和食用的佳餚。

這次大伯送了八條半天筍來三合院，大家分一分，趁著新鮮拿去烹煮。半天筍加入潤餅之後，果然不同凡響，增添了竹筍所沒有的特殊香氣，咬起來清脆甘甜，可惜檳榔樹不常砍，這樣的人間美味可遇而不可求。大伯告誡：「半天筍雖然好吃，但是有點毒性，不能吃太多，否則會流口水、噁心、嘔吐、心臟亂跳。」

因此大家都淺嘗即止。

清明掃墓後，鄭有平出生也滿四個月了，阿公給他作「四月日」禮，要來「收涎」了。

那天親家公、親家母、大舅、小舅提謝籃，搭公車過來。謝籃裡面裝了紅壽桃、嬰兒的頭尾衣物和金手鍊。

五嬸推辭說：「已經有太多金手鍊了，不要花那麼多錢。」

親家母說：「不行，這是禮數，不能不要。」

推辭了一下，也收下了。

把全家叫齊了，先拜神明，再拜祖先。五嬸抱著小有平，雙腳踩壽桃，祈求添福壽。又把十二個鹹光餅用紅絲線串起來，掛在小有平的胸前，然後由五嬸抱著，到處走動去給親友「收涎」。

這四個月來，小有平胸前的圍兜兜，可是隨時都沾滿了他流出來的口水呀！我很好奇，「收涎」眞的有用嗎？

不過長輩們都煞有其事的撥開鹹光餅，在他嘴巴下面，往上撥著流下的口水，邊用閩南語說吉祥話。

鄰居阿土公說：「收涎收離離（徹底離開），乎你明年招小弟；收涎收乾乾，乎你趕緊叫阿爸。」

對面的阿好婆說：「收涎收離離，乎你大漢吃百二；收涎收乾乾，乎你卡緊叫媽媽。」

回到家裡，二姆說：「收涎收離離，乎你事事都如意；收涎收乾乾，乎你大事小事都毋免驚。」

大姆說：「收涎收離

離，乎你聽話識代誌；收涎收乾乾，乎你大漢（長大）做大官。」

阿嬤說：「收涎收離離，乎你大漢摯（很會）賺錢；收涎收乾乾，乎你聽到陳雷（打雷）毋免驚（不用怕）。」

輪到阿祖時，她老練的說：「收涎收離離，乎你囡仔好腰飼，收涎收乾乾，乎你老母明年生卵葩（陰囊）……」

「哈！哈！哈！」大家一聽，都笑歪了。

親家公他們要離去時，阿公叫大伯去抓一隻雞和一隻鴨，綁進竹簍裡，請他們帶回去。爸爸拿六個大餅來，大姆也趕緊在謝籃裡塞進番茄、木瓜、空心菜和地瓜葉。

親家公和親家母都很不好意思，連連推辭。阿公直說：「這沒什麼，都是自己養、自己做、自己種的。」

然後又是一番推辭，才安心帶走。

我想，小有平得到那麼多祝福，應該會添福添壽，平平安安，快快樂樂的專心長大吧！

可惜事與願違，沒過兩天他又開始哭鬧了，怎麼都哄不停。那時五嬸上班去了，有平開始咳嗽，像是感冒。接著昏睡不醒，又突然呼吸急促。

只聽到五叔大叫：「好燙啊！發高燒。」

我媽嚴肅的說：「這不是簡單的草藥能對付的。」

五叔趕緊抱去診所檢查，阿嬷一接到消息，也急忙跑去診所察看，結果，醫生說是罹患了可怕的肺炎。

這可把大家都嚇壞了。

## 生命禮俗小百科

### 作四月日

嬰兒出生滿四個月，娘家那邊要帶紅壽桃和「頭尾」衣物來為孩子祝賀。除了祭拜神明和祖先之外，還要進行「收涎」禮。

### 收涎

嬰兒常張嘴流口水，收涎意義的在於祈求嬰兒能停止口水外流，象徵長大的含義。

要準備十二個或二十四個中空圓酥餅，或鹹光餅，用紅線串起掛在嬰兒胸前，抱去給長輩撥著餅，擦著嬰兒嘴邊的口水，說：「收涎收離離，乎你明年招小弟；收涎收乾乾，乎你老母後胎生卵葩。」

註：「卵葩」是男性生殖器官「陰囊」的閩南語，音同國語發音「懶趴」，內含「卵核」（睪丸）在此作為「男性」的代名詞。

## 換你來解謎

1、從收涎的禮儀中，你看出長輩們對嬰兒有哪些期盼呢？

2、在收涎的祝賀詞中，可以看到古人「重男輕女」的觀念。你覺得這樣對嗎？

3、如果要提倡「性別平等」，你會如何修改那些祝賀詞？

4、問問看你的父母，以前你小時候有沒有做收涎的儀式呢？如果有，你胸前掛的餅有幾個？是怎麼樣的餅呢？

7

# 我的神鬼乾爹

小有平的病情很嚴重，又要打針，又要吃藥，整天都哭鬧不停，擾得五叔、五嬸好憂心，好煩惱。那幾天都看到阿嬤早晚上香，跪求媽祖婆保佑他趕快好起來。

還好，一個禮拜後，他的體溫不再高高低低，漸漸恢復正常吃睡了。

接著又到了幫祖先「作忌」的日子，但是這一天很特別。

平常準備牲禮、張羅銀紙香燭的都是阿嬤，這時卻全都由媽媽代勞，爸爸還幫我跟學校請事假，就是要我一定參加祭拜活動，因爲我也是「主角」之一。

沒錯！這天也正是四叔——我乾爹鄭進寶的忌日。從頭到尾，都是我爸我媽帶著我祭拜，阿嬤沒拿香，只在旁邊看。

拜完之後我跑去房間看書，準備下禮拜的考試。

約莫半小時，大堂弟有和就跑來，叫說：「有禮哥哥，阿嬤叫你趕快去客廳。」

我一聽，心裡有了譜，大概又是一樣的情況，要「故技重施」了。

我跑到客廳一看，果然沒錯，那香爐裡的線香已經燒落一半成了灰，爸媽和阿嬤圍在香爐前，個個深鎖雙眉。

我媽說：「我剛才擲筊要請示四叔吃飽沒？卻是怎麼擲也擲不到聖筊，不是『笑筊』，就是『哭筊』，沒辦法，只好把你叫過來。」

「嗯！」我點點頭，雙手合十向神主牌拜一拜，接著在客廳內走一圈，又拜一拜。

媽媽看差不多了，就高高舉起雙手，擲出其中的筊。

「叩！叩！叩！叩——」

兩次之後，終於出現了一開一合的「聖筊」。

那一瞬間，笑容像盛開的花朵，在他們的臉上綻放出來。

爲什麼我說「故技重施」呢？

因爲每次「作忌」，或是年節拜祖先的時候都要擲筊，用「聖筊」來確認祖先們有沒有來接受祭拜、吃祭品。有時阿嬤一直擲不出「聖筊」，就會把我叫到神桌前面走一走，晃一晃，然後就會比較容易擲出來。只要擲出聖筊，也表示祖先們吃飽了，我們可以燒紙錢，然後撤收祭品了。

「爲什麼會這樣呢？」我問過。

阿嬤的解釋是說：「你四叔是你的『契爸』（乾爹），看到你出現，會比較歡喜，因此就比較會有『聖筊』。」

「其他的祖先呢？像是男的阿祖，還有更老的祖先，他們會需要我來嗎？」我又問。

「當然。」阿嬤說：「你四叔是歷代祖先裡面年歲最小的，他們一定都會把他帶在身邊疼惜，所以只要你四叔來了，其他祖先一定也來了。所以說，只要你四叔給我們『聖筊』，那就表示祖先們也同意『聖筊』。」

「你怎麼知道是這樣？」我質疑阿嬤。

「這還用說嗎？」阿嬤理所當然的說。「本來就是這樣。」

又過兩個禮拜，小有平又開始難睡，而且吐奶咳嗽，體溫又漸漸高起來。阿嬤一發現，立刻帶去看醫生。

吃了退燒藥後，小有平沉沉睡去。五嬸抱去房間睡後，我和媽媽跟著阿嬤回到客廳。

媽媽擔心的說：「這個孩子這麼難帶，該怎麼辦才好？」

「唉！」阿嬤嘆了一口氣，愁眉苦臉的說：「如果再這樣下去，我考慮在七月七，七娘媽生時，送他到媽祖廟給媽祖當『契子』，請媽祖婆保佑他平安健康的長大。」

我有點吃味，說：「那麼好，給神明當乾兒子，我都沒有。」

「有啊！」我媽說。「你也是神明的乾兒子啊！」

「才不是，我的乾爹是四叔，他不是已經過世了嗎？他是鬼吧？」我怕阿嬤聽到「鬼」字不高興，忽然壓低聲音。

想不到阿嬤聽見了，而且還鄭重其事的對我說：「不，人死了就是去當神了，所以你的『契爸』也是神。」

這下我眞的有點搞糊塗了。

阿嬤又說：「不過你的情況還是不同，你不是由人去找神，去求當神明的『契子』，你是你四叔自己來討的。」

「什麼跟什麼啊？」我又聽得一頭霧水。

我媽說：「讓我來講給你聽吧！那時你才兩歲，你哥有義六歲，正在讀幼稚園大班，準備要讀小學，結果生了一場大病……」

「奇怪？那麼活跳跳的男孩子，說生病就生病，而且像是發瘋那樣，亂吼亂叫，嚇死我了。」阿嬤張大眼睛，似乎心有餘悸。

「喔？」我也覺得不可思議。「可是，爲什麼跟我哥有關啊？」

「你不要急，聽我講……」

媽媽話沒說完，阿嬤就搶著說：「那天我記得很清楚，十年前的清明，你阿公帶他們去『培墓』回來，有義就怪怪的。先是無緣無故吐了，我以爲是中暑，可是又流冷汗，全身流冷汗，然後開始眼睛上吊，下巴抬得高高的，就好像有人從後面扯住他的頭髮，一直用力扯……」

「卡桑，他還羊癲瘋，失神倒在地上，全身硬梆梆，一直抽動，一直抽動。」

「等清醒一點後，他就一直喊頭痛，一下子縮在地上，很怕很怕的樣子，一下子又亂吼亂叫，生氣丟東西。」

媽媽和阿嬤都講得好專注，眼睛鼻子皺在一塊了，彷彿陷入當時的可怕情境。

阿嬤又說：「我想這一定是中邪，是被什麼『歹物』沖煞到了……」

媽媽卻說：「你爸和我趕緊把他送去診所檢查。醫生懷疑是『腦膜炎』，就把他放在病床上側躺，把他身體弓起來，用一根很大的針筒從他的龍骨插進去，抽出一大管白白的水水的東西，然後又從脖子的龍骨那邊注射進去。」

「我的媽呀！」我聽得心驚膽跳，忍不住縮起肩膀和脖子。

阿嬤說：「我趕緊拿他的衣服到西庄那間太子宮『卜米卦』，結果米卦顯示，他是被路邊人家出殯的棺材沖煞到了。我想想有道理，他不是剛去墓仔埔培墓回來嗎？說不定有剛下葬的棺材，不小心就被它沖煞了。後來求『符仔』回來，燒化之後加陰陽水，給他喝三口，又放臉盆洗澡，沒什麼效果。我又去問算命仙，他說有義天生肝火大，命中帶有一枝箭，已經射出去了，射到了自己……」

我媽又搶回來說：「結果醫生判斷是『腦膜炎』沒錯，就趕快給他打針吃藥，拖了兩個禮拜才慢慢有好一點……」

「啊！難怪。」我想到幾件事，急忙說：「我六歲的時候看見他在爸媽房間偷錢，他怕我去告發他，威脅我要一起偷，我只好拿了一百元，後來害我被阿爸打屁股。還有，他很貪吃，一鍋麵吃完如果還有剩下，他都想獨吞，不是故意把手伸進湯裡面攪動，就是故意吐口水進去，害別人不敢吃。這是不是跟被沖煞到有關，使他的頭腦跟正常人不一樣呢？」

「怎麼會？」我媽搖頭說：「那是他個性比較霸道。」

「他以前有到同學家的飼料工廠，去扛飼料，練體力，把體格練得勇壯如牛，然後去欺負別人。」我說。「我覺得他跟我很不一樣，跟其他哥哥也

不一樣。」

我媽說：「那是因爲他愛吃臭豆腐，常跟我要錢去買，我覺得常吃臭豆腐對身體不好，不給他錢，他就自己去打工賺錢。除了扛飼料，他也會到田裡撿蝸牛，賣給來收購的販仔。他是學生，我罵他不務正業，你爸卻讚許他：『厲害喔！這麼小就會賺錢了。』」

我又說：「我聽有蕙姊說，他曾經月考考過四科四百分，跟另一個人同列全班第一名，但他後來偷偷向有蕙姊自首，說他是偷抄了旁邊那位第一名同學的所有答案，才得來第一名的。」

「他從小就不愛讀書，功課不好。那一次我還記得，他拿獎狀回家，我還嚇了一跳，以爲他變聰明了。」我媽說。

「還有一次，中秋節時土地公廟前面有電子琴花車，他和他同學爬到人家的屋頂上去看，結果把瓦片踩破了，那是同學的姨婆家，同學還來跟我發牢騷。」我又補充。

我媽感嘆：「唉！調皮搗蛋他最行，害我賠人一千元修理費。那一次是廟方事先廣播，說會有脫衣舞秀……」

「唉喲！你們母子說到哪裡去了？我們是在說你四叔討『契子』的事捏！」阿嬤把我們拉回正題。

我摸摸腦勺笑說：「對喔！」

「結果怎樣你知道嗎？」阿嬤又說。「那天晚上我就夢到你四叔。」

「耶！四叔終於出現了。」我好期待接下來有關「四叔」的故事，急忙推阿嬤的手臂問：「四叔給你託夢了，他說什麼？他說什麼？」

「沒有，」阿嬤臉色一沉。「他什麼都沒說。但是我隔天早上去給他燒香拜拜，又擲筊問他有什麼事，問來問去都沒有『聖筊』。一直到最後，你阿公提醒我，他是不是想要有個兒子繼承香火？結果，連續三個『聖筊』。」

「哇！這也太神奇了。」我驚訝之餘，又覺得哪裡不對勁，急忙問：「可是，這跟我哥得『腦膜炎』有什麼關係？怎麼扯在一起講呢？」

媽媽沒回答，而是看著阿嬤，阿嬤煞有介事的說：「那是你四叔想要有個兒子可以拜他的神主牌，所以故意回來鬧你哥，回來亂你哥，讓他生怪病，這樣我們才會問神明，去處理。後來我繼續問，又是三個『聖筊』說要你當他的『契子』。你阿公趕快去媽祖廟請教『契子書』怎麼寫。最後，把你給他當『契子』以後，你哥的病就好了。」

「不是給棺材沖煞到的？」我想確認。

「不是。」阿嬤堅定的說。「因爲你四叔五歲的時候，也是奇怪的症頭，頭痛、亂哭亂叫，發高燒，後來身體生出很多紅紅的皮疹，擦什麼藥都沒效，皮膚慢慢變黑爛掉，醫生說是『丹毒』，沒藥醫，就這樣死掉了。五歲，才五歲的孩子呀……嗚……」

阿嬤說著，流下眼淚。

我有點納悶，阿嬤怎麼哭了，「那不是三十多年前的事了嗎？怎麼還會哭……」

媽媽趕緊把我拉到一邊，在我耳邊責備：「你懂什麼？全天下的媽媽都是一樣的心情，孩子生病又死掉了，一輩子都傷心。」

我吐吐舌頭，趕快到神主牌前，雙手合十拜拜，然後跟阿嬤說：「我以後會好好拜四叔的。」

「嗯？」媽媽給我使個臉色。

我急忙改口：「是『契爸』。」

阿嬤這才破涕爲笑。

想不到小有平這回又感冒了，但還好沒有到上回「肺炎」那麼嚴重的程度。

阿公回來之後，阿嬤跟他商量，又找五叔五嬸談談，最終決定要把小有平，給神明當「契子」。至於給哪一位神明好呢？由於要在神明的生日來辦這件事，而今年的媽祖生日已經過了，因此決定等七月七日七娘媽生日時，給七娘媽，也就是給織女娘娘當乾兒子。

隔天阿公就到媽祖廟，要回一張「立拜契書」，供在我家的媽祖神像前面。

阿嬤早晚上香，都會聽到她說：「求媽祖婆跟七娘媽保佑鄭有平健康平安，順利長大，就等七月七……就等七月七……」

有一回媽媽聽見了，跟我說：「可惜現在才四月，而今年閏六月。」

「怎麼了嗎？」我不懂。

「卡桑得多擔心一個月呀！」媽媽無奈的說。

## 生命禮俗小百科

### 給神明作契子

有些小嬰兒經常生病，半夜容易受驚嚇啼哭，不好照顧，家長擔心孩子難以長大成人，因此會請神明當孩子的「契爸」（乾爹）或「契母」（乾媽），請神明給予保佑。其中很多是請七娘媽當「契母」的，必須在七月七日七夕，七娘媽生日這天到廟裡面寫下契約書，求取絭（音同「眷」）牌，用紅繩掛在脖子上。絭牌上刻有神明像或護身符，每年七夕再去廟裡換新紅線，一直到十六歲時，再去拜謝七娘媽保佑長大，把契約書燒化，叫做「謝契書」。

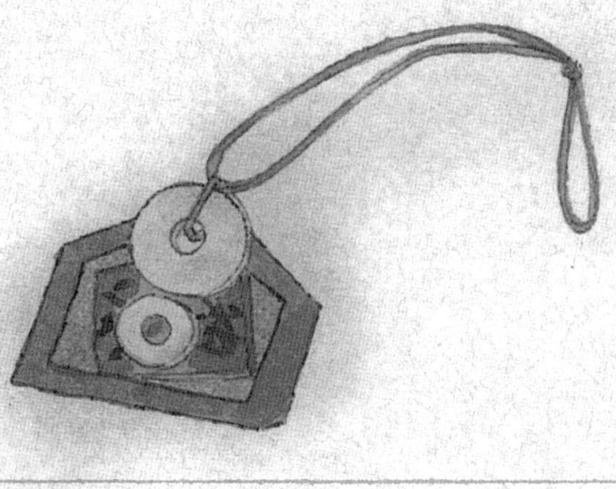

## 換你來解謎

1、你覺得鄭有義小時候身體出狀況時，到底是被沖煞到了？還是罹患腦膜炎所引起的呢？

2、為什麼面對同一件事，阿嬤和媽媽會有完全不同的解釋？

3、你羨慕別人有乾爹、乾媽嗎？為什麼？

4、你長大後，願意收乾兒子或乾女兒嗎？為什麼？

# 8

# 歹命的模範母親

平常一進入農曆五月，糕餅工廠就會忙著製作結婚用的喜餅。由於農曆七月俗稱「鬼」月，新人如果在這時結婚，怕人家取笑嫁娶「鬼新娘」，不吉利，因此大多趕在五、六月完成婚事。

但阿祖的生日也在五月，阿公要幫她「作生日」，要製作很多的紅龜粿、紅壽桃，和難得一見的「雙連龜」，作爲贈送給親友的謝禮，所以糕餅工廠會非常忙碌。原本因爲今年閏六月，可以有兩個六月來分散工作量，但恰恰今年是阿祖的「九十大壽」，等於說工廠得要連續忙三個月了。

在我們家，阿公只給阿祖「作生日」，也就是慶生，其他人，包括阿公自己都是沒有的。誰的生日到了，可以自己去糕餅店要個小海綿蛋糕吃，阿公會順便包個小紅包給他。

我們小孩子樂在其中，但大人們都不好意思，所以就免了。爲什麼不給其他人「作生日」呢？聽說大堂姊有愛小時候曾經抗議過。「作生日是大事。」阿公的回答簡單俐落。

我聽媽媽轉述這件事時，從她的口氣中體會到，「作生日」似乎帶有一種「特權」的意味。

由於工廠作業量陡增，家人們一下班或放了學，都要去幫忙。我揉麵團和包餡的功夫差，因此和我二姊有蘭、大堂弟有和一組，負責給龜粿、壽桃塗紅顏料和上金亮亮的花生油。大堂哥有忠則是跟在我們後面，幫這些粿、桃裝小塑膠袋。

白天在二伯鐵工廠上班的大堂哥，擔任的工作俗稱「黑手」。確實，他手上總是沾染烏黑的機油。這時他雖然把手洗乾淨了，但指甲縫裡滲透的污漬仍在，所以，即使他揉麵團的功夫不錯，也不好意思上到前線去。

我好奇的問他：「作生日是怎麼樣的？感覺很了不起的樣子。」

「是……是很了不起啊！」他說。

二姊糾正我：「我們老師說，給長輩作生日，要說『作壽』，這樣才有水準。」

「呵呵！」大堂哥一邊忙著，一邊說：「上一次的……『作壽』，就……就十年前，阿祖八十大壽，那時……那時我十七歲。」

沒了？大堂哥沒再說下去了。我心急的問：「然後呢？怎麼樣的了不起？」

他遲鈍了一下，才說：「啊，啊，啊就辦了十五桌，很……很熱鬧。」「就只有這樣嗎？然後呢？」這麼簡短的回答，完全無法滿足我的好奇。而且，每年媽祖生日吃拜拜，我們家也是辦個十幾桌來宴客，這聽起來，「作壽」一點都不特別啊！我忍不住又問：「然後呢？然後呢？」

我二姊白我一眼：「鄭有禮，你煩不煩啊？不認眞工作，只會一直嘮叨。」

我不服氣想頂嘴，但我忽然想到我媽講過的一句話：「唉！你阿祖、你阿公都很期待能夠『五代同堂』，可是你看有忠，老實古意，不會跟人家交陪，遇到漂亮的女生，不但臉紅，講話還會『大舌頭』。唉！想要『五代同堂』，我看難喔！」

我想大堂哥應該就是課本上說的，那種剛毅木訥型的男生吧！想從他的口中探知熱鬧的盛況，無異於緣木求魚。所以我轉移目標，忙完之後，跑去問嘴巴最厲害的小姑姑。

「八十歲生日叫做『上壽』，九十歲稱爲『耆壽』。」小姑姑不愧是國文老師，話一出口就是這麼有學問。「人生七十古來稀，更何況是活到八、九十歲呢！我當然記得十年前阿祖作『上壽』的盛況。那時候客廳的牆上掛滿了喜帳、壽字條幅和紅彩帶，門口還掛了很大

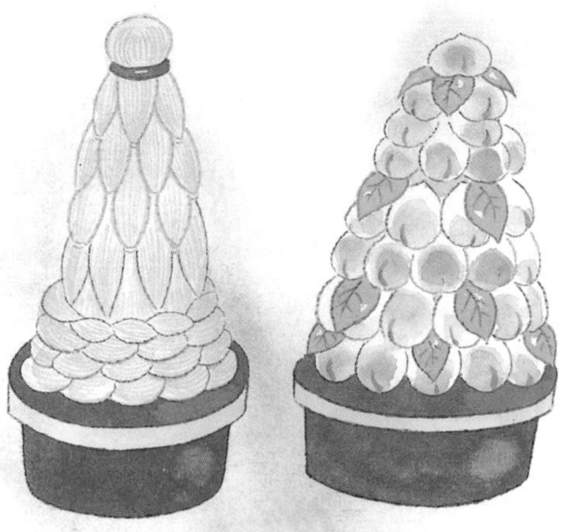

的壽燈。客人來都是穿金戴銀，個個包禮，有送紅包現金的，有送高級布料的，也有人送金項鍊、金戒指、金手環。啊！對了，大舅公那邊還送金簪子，哈哈！那麼古老的東西，就算送我，我也不敢戴，好俗氣……」

「阿祖有戴嗎？」我問。

「有，看起來像是歌仔戲裡面的老太君。」

我努力回想看過的楊麗花歌仔戲，好像有了那麼一點概念。

這時工廠的電話響起，爸爸接了之後轉頭叫小姑姑說：「進雅！進雅！多桑叫你去店裡面，說是鄉長來店裡，講什麼模範什麼的，我聽不清楚，你來聽好了。」

會聽不清楚，那是很正常的，因爲工廠裡面除了攪拌機的聲音很大之外，電爐旁的變電箱也吱吱怪叫，收音機還播放著流行閩南語歌曲。

小姑姑聽完之後，居然把收音機關了。大家都很詫異的望著她，卻見她慢條斯理的說：「我要宣布一個好消息……」

「你要結婚了？」我二姊興奮的脫口而出。

「切——」小姑姑瞪她一下，然後恢復神祕的神情，繼續說：「是阿祖……」

「天哪！」我驚訝的叫。「不會是阿祖要結婚吧？」

「哈！哈！哈！」全場爆笑。

「鄭有禮，不要亂三八。是阿祖當選今年度全縣的模範母親，鄉長來討論表揚的事情，多桑要我過去一起談談。」

「哇——好厲害——」大家的反應一致，比九十歲的阿祖「如果」要結婚還驚喜。

小姑姑看看大家，故意一派輕鬆的說：「唉呀！這沒什麼啦！所謂的『模範母親』，其實就是最『歹命』的母親。」

「你少胡說八道。」我爸不以爲然。

「我沒有亂講。」小姑姑理直氣壯的繼續說。「不信你們看看，歷年來的模範母親，不是丈夫去世，獨自扶養小孩長大成人；就是公婆身染重病，她得身兼數職，賺錢照顧一家老小。而且沒有被命運打倒的，到最後才能成爲別人的『模範』。」

爸爸嚴肅的對她說：「你到店裡面，可不能這樣說。」

「哈！」小姑姑說。「我不會那麼白目。」

「更不能去跟阿嬤講。」爸爸又鄭重叮嚀。

爸爸的阿嬤，就是我的阿祖。

「呵！這當然也不用我來講。」小姑姑任性的說完，洗洗手，騎機車去店裡了。

卻留下我滿腦子問號：眞的嗎？模範母親就是最歹命的母親嗎？爲什麼？小姑姑爲什麼這樣說呢？

看到爸爸剛剛不高興的模樣，我完全不敢發問。

雖然我很好奇，但實在是做糕點太忙了，加上學校的課業繁重，我很快就忘了這件事，只期待著阿祖的生日趕快來臨。

等著等著，期盼的日子終於到了。

二伯開小貨車，載回一對半人高的大燈籠，一個上面畫麻姑獻壽，一個畫南極仙翁。大堂哥和大堂姊從倉庫裡拿出「福如東海、壽比南山」的金紅壽帳，掛在客廳牆上。阿公看了覺得不夠大器，叫大伯去市區繡妝店，買回一幅兩人高的大壽帳。那裡頭只有一個大壽字，卻是由立體的八仙人物和蝙蝠、元寶、龍鳳、花朵等組合而成的，富貴逼人。這幅大壽帳高掛在客廳的中牆，其他的就排到一旁陪襯了。

一早，辦桌的阿銘師帶領一班「水腳師仔」（流水席總鋪師的助手），浩浩蕩蕩開了三台小貨車來，卸下三十張大圓桌，三百張椅子，和蒸籠、大鍋、瓦斯桶、無數的碗盤。不久又來一台車，把所有的雞、鴨、魚、豬、菜蔬、鮮果都載來了。阿銘師一聲令下，那些「水腳師仔」才剛擺好桌椅，立刻分列散開，有的洗菜，有的切肉，按部就班，各司其職。

偌大的稻埕很快被大紅桌椅占滿，映著屋內的大壽帳，眞是大紅大發，喜氣洋洋。

開席的時間還沒到，阿祖已經被請出來，端坐在大壽帳前的太師椅上。她今天的穿著打扮跟往常完全不同，一襲閃亮光的絲絨連身長袍，一雙繡花小鞋，胸前掛著七八條金鍊子，手腕上戴了玉鐲又金鐲，髮帶上也有三顆翡翠，左胸前和頭上都別了紅豔豔的春仔花，而髮髻上眞的插了一根長長粗粗的金簪子。

這哪裡是歌仔戲裡的老太君，分明已經尊貴勝過太皇太后了吧！家人都陸續進來拜壽，遠地的親家公、親家母們也接著進來，人潮越來越多。

這一天，阿祖不嚼檳榔，而是咧開嘴，向每個道賀的人揮手，點頭回禮。而光是這樣，就有夠她忙的了，因爲來客川流不息，誰是誰？誰又是誰的誰？阿嬤附在她耳邊介紹說明，也忙得不可開交。

看看客人都來得差不多了，阿公點頭揮手，爸爸便給我哥一個眼色，我哥一看立刻跑到三合院外面，點燃長長的連珠炮。阿銘師手一舉，「水腳師仔」們這時又變身爲服務人員，爲大家端上第一道「四季如春」的四色拼盤。

那上面都是我愛吃的菜：蒜味蠑螺、五味海蜇皮、糖蜜腰果和魚卵沙拉。我吃得津津有味。第二道是魚翅羹，裡頭有瘦肉、蝦米、香菇、魚翅、鮮筍、蛋絲，配料豐富，加上酸酸甜甜的「五印醋」讓人垂涎，很快就被一掃而空。

接著上豬腳麵線，大家互相提醒，要把麵線拉高，拉得長長的不能斷掉，象徵託了阿祖「長壽」的福氣。

忽然聽見有人大喊著：「縣長來了——縣長來了——」

「縣長？」好多客人聞聲起立，喜出望外。

我也好意外，沒想到縣長會親自前來參加阿祖的壽宴。

只見縣長穿著黑西裝，抱著一個大獎牌，在鄉長的引領下，慢慢穿過人群，來到主桌阿祖的身邊。

他向阿祖大鞠躬，然後大聲宣布：「各位鄉親，今天我謹代表全縣縣民，來恭賀我們鄭府的魏笑，魏老太夫人，當選我們今年度的『模範母親』。恰恰好，今天又逢老太夫人九十高壽，實在是大大的恭喜啊！恭祝老太夫人，福如東海長流水，壽比南山不老松……」

說完就把獎牌和一個大紅包放進阿祖懷裡，阿祖似乎有點受寵若驚，只得不停的微笑點頭。

「好啊——」眾人都起立鼓掌。

「喜上加喜。」

「雙喜臨門。」

接著，外頭傳來激情澎湃的進行曲。只見兩位高大的憲兵，扛著紅布蓋住的大板子走進三合院，一團樂儀隊吹吹打打的跟進來。

他們來到阿祖面前時，縣長和阿祖聯手揭開紅布，瞬間現出一塊大匾額，上頭鐫刻有「淑德咸欽」四個大字。

「什麼意思？什麼意思？」我又滿腦子問號。

我急忙跑去找國文老師小姑姑解惑。

她說：「這意思是說：賢淑的美德受到眾人的欽佩。這是我給縣長提議的詞，整個儀式也是之前講好的。」

我忽然想起「之前」的那個問題，「對了！你說過，模範母親就是最歹命的母親，爲什麼？」

德咸欽

小姑姑緩緩坐下來，語重心長的說：「我們阿祖從小是大户人家的千金小姐，出嫁給男的阿祖時，嫁妝好多，還有很多自己刺繡的絹布，都裱成畫和屏風呢！後來男的阿祖生重病，賣掉田產、房子去醫病，用了最貴的藥，最後還是病死了。阿祖成了寡婦，也成了窮人。」

「好可憐。」我說。

「還有呢！阿祖爲了扶養年幼的伯公跟阿公，只得幫人家洗衣服賺錢，你看她三寸金蓮，走路都不方便了，還要打井水，洗衣服，晾衣服，把手都洗破皮了，一天才賺到兩條番薯。」

「好慘。」我不禁皺緊了眉頭。

「唉！還有更慘……」小姑姑嘆口氣，紅了眼眶說。「後來伯公被日本人徵召到南洋當兵，戰死異鄉，屍骨無存。阿祖每天傷心欲絕，以淚洗面，一直到阿公十五歲去當學徒，學做糕餅，日子才好起來。你說，我有講錯嗎？阿祖不是最歹命的母親嗎？因爲她這麼辛苦，這麼偉大，阿公才會那麼重視阿祖的生日，請縣長幫忙……」

原來，這一切都是阿公回報給阿祖的孝心啊！

忽然，我發覺有水滴滴落在我膝蓋上——

摸摸自己的臉頰，我才發現我已不知不覺掉下了眼淚。

# 生命禮俗小百科

## 作壽

成人五十歲以上才能稱「壽」，之後每十年作一次壽。六十歲稱為「下壽」，七十歲稱為「中壽」，八十歲稱為「上壽」，九十歲稱為「耆壽」，一百歲稱為「期頤」。

祝壽的禮物有紅龜粿、壽桃、壽麵（麵線）、生日蛋糕等。

## 雙連龜

紅龜粿的一種，粿的外型是一隻葫蘆形狀的大龜，裡面呈現出一個大大的「壽」字，葫蘆的諧音「福祿」和龜的象徵「長壽」，合起來有祝賀「福祿壽」的含義。

## 換你來解謎

1、你覺得表揚模範母親的目的是什麼？

2、你贊同模範母親、模範兒童的選拔活動嗎？為什麼？

3、如果需要年滿五十歲才可以慶生，你能接受嗎？

4、人為什麼要過生日？有沒有什麼意義？說說你的看法。

5、你有沒有參加過長輩的壽宴呢？壽宴上有怎麼樣的慶祝活動？

6、請你比較一下，說出壽宴和一般的結婚喜宴不同的地方。

## 9 相親好好玩

阿祖「作生日」那天，客人喝了好多啤酒，地上、桌上到處都有啤酒罐。

最後一道的甜湯上來後，賓客們陸續離席返家，阿祖回房休息，但是大伯、二伯、我爸、五叔、六叔、七叔都還在席間，熱情的陪客人划拳、喝酒、聊天，空氣中混雜了蝦殼、蘿蔔絲和啤酒，那專屬於喜酒的氣味。

最後總算有一股清新的茶香來鼻竅敲門，那是客人都離去後，阿公在客廳泡起凍頂烏龍茶給大家解酒，全家都圍坐在客廳休息閒聊。

之前壽宴時，親友們寒暄之後，談論最多的就屬小姑姑、七叔、大堂哥等人婚嫁的話題。沒想到壽宴都結束了，這話題還在延續。

阿公的表情有點嚴肅：「進泰呀！」

七叔首先被點名。

阿公盯著他的眼睛：「你三十五歲，也有女朋友了，什麼時候要娶人家？」

「多桑，你說的是……那個……那個翠鳳嗎？」七叔跑業務的，酒量不錯，但這時好像在裝醉。

「不然你有幾個女朋友？」阿公拉下臉。

「啊多桑，我……我只有翠鳳一個，呵呵！」七叔打哈哈。「等我……等我換一家好一點的公司，事業穩定了再來娶她，不急，不急。」

他瞇起眼睛，癱在藤椅上，一副酒仙飄飄樂的模樣。翠鳳阿姨是七叔的女朋友，這天也有來參加壽宴，不過結束後就回去了。

阿公無奈的嘆口氣，轉頭對著小姑姑。「進雅，你呢？」

「什麼我？」小姑姑故意滿臉「莫名其妙」。「我不是聽了你的話，跟人家去約會了嗎？」

「還在講吳董那件事？」阿公明顯不高興。

大姑姑跳出來緩頰：「多桑，我跟添貴已經載她去台南拜月老了，有求一條紅線回來，放進衣服的口袋。據說只要洗衣服的時候，讓紅線自然的洗不見了，就代表是月老指走了，去牽進雅的另一半了……」

阿公又看小姑姑，她翹起下巴洩憤似的說：「有啦！已經不見了啦！」

「喔！」阿公反而點頭笑了。

阿嬤對阿公說：「你不要煩惱，我都有在注意，已經找了三個媒婆去探聽了，隨時都可以約會。」

「那就快呀！」阿公急切的對小姑姑說。「不用等進泰先結婚啦！」

「問一下媒婆，有好對象相親就好了，不一定要先約會呀！」說這話的是滿面黑裡透紅的大伯。他看一下大姆，又說：「像我們那時候，我第一次到春枝他們家『對看』，就成了。」

我覺得很神奇，忍不住發問：「看一次就結婚了嗎？」

大姆說：「沒有，當然是先訂婚，再結婚。」

我問二伯：「你跟二姆也是這樣嗎？」

「啊！什麼？」二伯不勝酒力在打盹，突然被我吵醒，嚇了一跳。「我醉了，不能再喝了……」

「哈！哈！哈！」大家都笑了。

我不放棄，繼續問：「你也是到二姆家『對看』，就結婚了嗎？」

「不是，」二伯打起精神。「我們是去冰果室相親的。」

二姆說：「我是不知道他看過幾個姑娘啦！但是，你二伯是我看過的第三個男生。」

「眞好。」我羨慕的說。「如果沒有成功，也還有冰可以吃。」

「哈哈！小姑姑，這樣很好，去冰果室『對看』最好。」我哥鄭有義也笑：「看越多次，吃越多次冰，眞爽！」

「你少給我唱衰。」小姑姑白他一眼。

「五叔呢？」我二姊有蘭問。

五叔說：「我和你六叔都是自由戀愛，自己找對象的。你五嬸是我的客人，我在夜市擺攤，她看我帥，每個禮拜都來買衣服。」

「你少臭美。」五嬸馬上出聲。「明明是你拉我同事去打聽我的一切，還敢亂講。」

二姊看向六叔，六叔說：「喔！我們啊！是因爲一條大米腸認識的。」

六嬸害羞的說：「唉呀！不要講啦！眞『見笑』。」

「講啦！講！講……」孩子們一起起鬨。

「你自己講。」六叔對六嬸講。

「啊！就……」懷孕的六嬸摸摸大肚皮，靦腆的笑說：「我家開小吃店，有賣大米腸，那一天我洗大腸時剛好接到電話，講完電話後再回頭洗，沒注意到有一條沒洗乾淨。就那麼剛好……」

六叔搶著說：「就那麼剛好，那天我去他們店裡吃中餐，被我吃到了。哇！太臭了……」

「哈！哈！哈……」大家都被六叔皺成紙團般的苦瓜臉逗笑了。

六叔張大眼睛嘴巴，繼續說：「豬屎耶！豬屎耶！我當然吐出來，可是她以爲我是故意找碴的，就跑過來跟我吵架，結果吵一吵，吵一吵……」

「對！就是這樣，冤家變親家，這是天註定好的。」小姑姑一臉老師那種「很懂」的模樣。

我爸接口：「你們跟我們不一樣，時代不一樣，不一樣了。」

我爸酒量也好，即使滿臉通紅，神智還是很清楚，不過這時手腳動作多了，那三個「不一樣」，伴隨了搖頭晃腦和揮舞雙手。

我問爸：「你跟媽媽是怎麼認識的？」

「哈！我們是跟媒婆約在『火，車，站』。」我爸得意的點了三次頭。

媽媽卻發起牢騷：「講到這個我就有氣，從頭到尾，我只有看到他十分鐘，他卻看了我三十分鐘，不公平。」

我大姊有蕙說：「這我聽爸說過，媽媽和外婆搭公車到總站下車，再走去火車站。他們一下車時，爸爸偷偷躲在大柱子後面偷看媽媽，還一路跟蹤他們。」

我問我爸：「你怎麼認得出來哪一個是媽媽呢？」

爸爸說：「那還不簡單，我身上帶著媒婆給我的照片啊！」

二姊有蘭問我媽：「你只看了十分鐘，就愛上爸了嗎？」

我媽說：「哪有什麼愛不愛的？我那時候呆呆的，外公一直說他們家有大餅可以吃，嫁過去可以常吃大餅，非常好。我愛吃大餅，就說好囉！」

我哥突然問我媽：「你有沒有後悔嫁給他？」

媽媽一愣，不知怎麼回答。

三堂姊有娟說：「這是什麼問題？就算後悔也來不及了呀！」

這話似乎讓媽媽更尷尬了。我覺得我哥在眾目睽睽之下問這種問題，眞是超級白目的。

「咳——」小姑姑輕輕喉嚨，大聲說：「三嫂，我來幫你回答。」

然後她轉身對著我哥說：「鄭有義，這一切都是你外公說了算，所以丈夫又不是你媽選的，所以，我來反問你，沒有做過的事怎麼後悔？」

我想了好一會兒，好像有道理，沒有做過的事，要怎麼後悔啊？

我哥似乎也被問倒了，癟癟嘴，故意轉移話題：「那阿公跟阿嬤也是相親嗎？」

阿嬤說：「沒有，我們是媒婆來講的，他卡桑和我多桑說好，就訂親了。」

「跟古裝劇一樣嗎？」大堂姊有愛問。「洞房花燭夜才掀紅蓋頭？」

阿嬤笑說：「差不多。」

「喔？」大家都露出很有興致的笑容。

小姑姑卻說：「唉！你們都結婚了，講那些都是廢話。還是幫我想想辦法，趕快把我嫁掉吧！」

耶！她這句話應該是傳到天上的月老耳朵裡了，兩天後蕭媒婆就拿相片來了。

「唉喲！鄭老師，這位外科的王醫師青年才俊，相貌堂堂，家世又好，眞是打著鼓仔燈也無地找的。那天壽宴時，我一桌一桌去幫你探聽，問了一百人，喝了五十杯酒，才給你挑到這個『人中之龍』。對方只有一個要求，就是到女方家相親，要親眼看看女方的家世、人品……」

說眞的，這是我第一次，看到小姑姑把眼睛從頭頂上拿下來，仔仔細細的盯著手上的相片。而且她竟然看了一遍又一遍，嘴角露出靦腆的笑意，臉頰也透出紅暈。

蕭媒婆笑瞇瞇的轉身，對阿公眨眨眼，點點頭，搓搓手說：「那麼，就來喬個時間相親吧！」

五嬸湊過去看了，說：「哇！是他啊！我們醫院裡面最紅的醫生，好多女護士私下閒聊都說好想嫁給他呢！」

「眞的嗎？」小姑姑抬頭，眼神充滿了鬥志。

「我也要看。」大姑姑的女兒，我表姊婉婷剛好也來我家玩，一把搶走相片。

我跑過去一起看，哇！果然是個大帥哥。

相親的日子就訂那個禮拜天。

那天早上，阿祖不去大門口坐了，跑去鄰居阿土公家看歌仔戲錄影帶。

小姑姑一早就跑去大姑姑的美髮院，燙了一頭捲捲的長髮，還修眉毛、塗指甲、化淡妝，然後回家換上最美的淡粉紅蕾絲邊連身長裙，穿上新高跟鞋。然後在客廳裡一會兒坐，一會兒站，一會兒看手錶，一會兒望稻埕，焦躁不安。

客廳裡還有我、我二姊、二表哥、五嬸、五叔、我媽、二姆。阿公不耐煩的說：「都進去，不要出來亂。」

二姆說：「會啦！等人來了，我們都會離開。」

我從客廳看出去，兩邊護龍裡，窗戶後面也都是人頭攢動，人影幢幢。

大約九點半時，一台黑色賓士車駛進稻埕，阿公、阿嬤和蕭媒婆出去迎接，車上走下來一位旗袍貴婦和一位西裝中年紳士。

這時，我看見廂房的六個窗戶都探出人頭，大表哥、表姊、三堂姊、四堂哥、二堂哥、大堂哥、六嬸、六叔，外加對面的阿好婆都在窗後窸窸窣窣、交頭接耳。

當穿著白色西裝，高大挺拔，風度翩翩的王醫師步下轎車時，稻埕彷

佛發出金光，每個人都目瞪口呆，癡癡的望著他。

阿公轉身時，二姆壓低聲音催大家：「快走。」瞬間，人們如鳥獸散，躲進兩側房間，關上門。

蕭媒婆先一步進來，把小姑姑帶進灶腳，重複叮嚀流程。

我先繞過客廳跑到灶腳打探情況，看見小姑姑手捧托盤，踮起腳尖，頻頻深呼吸。媒婆安撫她說：「鄭老師，很簡單的，只是端茶出去，說句『請用茶』而已，放輕鬆一點。」

小姑姑望著媒婆，急點頭。我發現她的雙手好像在發抖。怪了！我可從來沒看過她這麼緊張。

又繞回到客廳門縫後窺探，只見主客在寒暄，這時我清楚看見王醫師的長相。

我二姊小聲的說：「哇！高鼻子，大眼睛，身材高挑，完全就是小姑姑心中的白馬王子。」

「眉骨高聳有男人味，牙齒整齊潔白又有書卷氣，文質彬彬的大帥哥。」大肚子的六嬸不知何時從廂房擠過來，又喜又憂的說：「這下進雅完蛋了，如果這門親事談成，她就會被壓落底，完全被降服了。」

媒婆出現在客廳，大聲說：「現在請鄭老師，進雅小姐，爲大家奉茶。來！請奉茶——」

接著，小姑姑從門後現身，手捧托盤，低頭含羞，將上頭三杯熱茶一一送到客人前面。

「請……」她講得很小聲，我聽不清楚。

來到王醫師面前，小姑姑好像被電到，腿一軟，身子稍稍偏移，好像人家貧血頭暈時眼冒金星，即將傾倒的樣子。還好，她立刻振作起來；還好，客人都點頭微笑，拿走杯子，似乎沒在意。

我又繞去灶腳，小姑姑已經退回來，緊緊懷抱托盤，全身蜷縮在椅子上喘氣。

蕭媒婆咧開嘴笑說：「對了，對了，表現得很好啊！等一下，再一次就好了。」

不久，小姑姑又去客廳，我尾隨其後，從門後偷看。客人將喝完的茶杯放進她的托盤，小姑姑就又退回來，完成任務。

我媽跑過來說：「王醫師的卡桑，你看到沒有，那雙眼睛很銳利，很精明，是個厲害的婆婆呦！難怪要來看女方的家世。」

二姆也過來說：「我有聽到他們說的，那個中年的男生是他的阿叔，他的多桑人在美國談生意，好像是那邊有兩間房子要賣人……」

三堂姊有娟衝進灶腳，叫說：「他們走了，他們走了……」

「唉呀！」小姑姑卻忽然想到什麼，從椅子上跳起來，托盤摔在地上，一腳把桌腳踢得砰砰作響，懊惱的說：「完蛋了，完蛋了，我講錯話了，嗚……嗚……」

天哪！她居然哭了。

「怎麼了？怎麼了？」大家都被她的舉措搞慌了。

「都是你害的！」只見她指著蕭媒婆的鼻子，氣急敗壞的說：「明明我記得我要說『請用茶』，偏偏你大聲的說了一句『請奉茶』，害我也對他們說：『請奉茶、請奉茶、請奉茶』，好丟臉，好丟臉，都是你害的……」

那蕭媒婆被罵到臭頭，眉毛倒成八字，超級無辜。

## 生命禮俗小百科

### 媒妁之言

在古代是由媒人到處打探誰家有適婚的男女，蒐集他們的背景資料，然後從中撮合。雙方家長經由媒人打探消息，如果覺得對方條件符合自己需求，有意願聯姻，便可進行提親。過程中全由家長作主，適婚男女只能接受，彼此沒有見過面，也無法表達意見。

### 相親

後來演變為相親，由男方跟著親友一起到女方家作客，主客寒暄，媒人居中炒熱氣氛，主持整個流程。女生倒茶進客廳請客人用茶，讓客人看看她的容貌、儀態、舉止，然後女生進到屋內。等客人茶喝得差不多了，再出來收茶杯，然後客人就可以離開。如果男方看得滿意，跟媒人講，媒人便會跟女方回話，男生也可主動跟女生聯絡。

**對看**

對看相較於相親就比較自由了，男女雙方在媒人介紹下，一同到公衆場合見面，例如：冰果室、車站等，雙方聊聊天，結束後私下跟媒人反應喜歡或不喜歡，如果喜歡便進一步約會交往。

## 換你來解謎

1、為什麼小姑姑在相親結束時會發脾氣？你覺得她這樣對嗎？為什麼？

2、你覺得利用相親讓男女雙方認識，這種方式好嗎？為什麼？

3、相親通常會看兩方的家世，看兩方是否門當戶對，你覺得門當戶對重要嗎？

4、現在多數人崇尚自由戀愛，和相親比較起來，你覺得哪種方式比較好？為什麼？

10

# 四堂哥聯考壓力大

雖然小姑姑懊惱相親時講錯話，但一個禮拜後，王醫師還是打了電話來約小姑姑去約會。鬱卒了好久的小姑姑倏的從地獄飛上天堂，歡歡跳跳的，像森林裡快樂的小白兔。

大家都爲她高興，希望她能當上人人稱羨的「醫生娘」。

我媽說：「唉喲！你如果嫁過去，就成了王家的少奶奶，我們就要尊稱你一聲王夫人囉！」

我問：「以後開刀，能不能打折啊？」

「呸！呸！呸！」我媽拍一下我的頭。「胡說，不要亂講話，觸霉頭。」

小姑姑急急的笑說：「三嫂，別笑我，八字還沒一撇呢！」

然後她就跑去找大姑姑，商量要打扮什麼造型去赴約才好。

大家都爲小姑姑開心，唯獨四堂哥有信另有心思，一副憂心忡忡又精神萎靡的模樣。不用問我也知道，他即將參加大學聯考，壓力很大。

二姆看著也憂心，晚上大家在稻埕上乘涼閒聊時，她不禁透露：「有信成績是還可以，但是沒有信心考上國立大學，每次模擬考的成績總是在國立和私立之間上上下下。他是很想考上國立的，但是吃也吃不好，睡也睡不好，反倒沒精神好好讀書……」

「壓力太大了啦！」那天大姆也過來聊天。「尤其俊豪也要聯考，俊豪的成績又比他好，有信一定擔心輸得太難看。說起來，進美眞會生，俊豪讀一中，俊宇也讀一中，而且都沒有補習。」

進美是大姑姑，俊豪和俊宇都是她的兒子。

我媽說：「有信會這樣也很自然，二哥的孩子裡就只有有娟功課差一點，有信他哥有孝碩士要畢業了，他姊有淑讀研究所一年級，他如果大學沒考好，一定會覺得很丟臉。」

阿嬤說：「唉喲！你們去勸他，盡力就好，越緊張越考不好。」

阿公還說：「如果他沒考好，將來要重考，我也是會給他去補習，幫他付補習費，有後路可退，所以不要太緊張。」

這些話就這麼傳開了，好多人都去勸有信：「不要緊張啦！」、「不要擔心啦！」、「順其自然啦！」、「不要想太多，盡力就好啦！」、「你阿公說，如果沒考上要重考，他會負責幫你付補習費。」

然而這些話非但沒有作用，似乎還有反效果，有信哥聽了之後，反而壓力更大了。

有天晚上，大堂姊有愛帶著有信往稻埕外走，我好奇的跑過去問：「你們要去哪裡？」

「帶有信去拜拜呀！」有愛姊說。

「我也要跟。」我說。

「鄭有禮，你這跟屁蟲，我們是要去拜文昌帝君求考運的。」有信說。

「太剛好了，我快要畢業考了，我也要去求考運。」

「無聊，國小國中是義務教育，畢業考考不好也能畢業啊！」

「我想拿縣長獎不行喔？」

無論如何，他們還是讓我跟了。

來到媽祖廟後，我們先拜了主神媽祖娘娘，然後到各殿參拜，最後回到「文昌帝君」前面，再拜一次。

有愛姊要我們拿著香，分立左右。

她對著神像一鞠躬，開始說：「文昌帝君在上，弟子鄭有愛在下。感謝文昌帝君多次保佑弟子通過重重考試，包括高中聯考、大學聯考和高普考，現在才能有個穩定的工作。今天，弟子帶堂弟鄭有信和鄭有禮來向您上香……來，你們兩個鞠躬……」

我們趕緊一鞠躬。有愛姊又說：「請文昌帝君常常撥空到我們家，去看鄭有信和鄭有禮有沒有用功讀書，如果有的話，請保佑他們考出好成績。」

有愛姊對我們說：「接下來，報上家裡的地址，你的姓名、出生年月日、要考什麼，你們自己說。」

拜完之後，去燒了紙錢，我忍不住發問：「爲什麼不直接請文昌帝君保佑我們考出好成績就好，還要談條件呢？」

「這哪算什麼條件？」有愛姊反問。「沒有用功讀書的人，是沒有資格請神明保佑他的。」

有信哥說：「我想進廟裡擲筊，問問考運如何？」

「不用了，我讀國小的時候就和同學來試過了，爲了一個月考，我們擲筊來問神明，說『如果我會考四百分，請給我三個聖筊。』結果平常不愛讀書的，成績最差的那個男生，一連得到三個『聖筊』，其他人都沒有。而且他驚訝於他的好運，繼續擲筊，你們知道嗎？他竟然一連擲出七個『聖筊』。」

「奇蹟發生，他考四百分了？」我興奮的問。

「才怪！」有愛姊說。「我和另一個人都考四百分，但是他退步很多，考不到三百分，因爲他不讀書，只想憑著神明給他好運。神明耶！是有大智慧的人死了才升格當神明，怎麼可能是非不分，讓人不勞而獲呢？」

「有道理。」我說。

有愛姊又說：「有信啊！如果你還不放心，等准考證發下來，我再帶你來一次。」

有信哥默默的點頭。

那天晚上回到家後，我認眞的複習了功課。

臨睡前，我躺在床上，忽然想起一件往事。

五年多前新生入學的第一天，我在媽媽的帶領下走進國小。媽媽輕聲的哄我說：「不要怕，等一下乖乖聽老師的話，好不好？」來到一個完全陌生的地方，我心中充滿恐懼，淚水在眼眶中打轉。不過，我仍然聽從媽媽的話，將那熱滾滾的眼淚吞進肚子裡，勇敢的跟媽媽揮手告別。

「過來！過來！」老師們大聲呼喊，將所有的小朋友集合在一起。有一位老師站在最前面說：「各位小朋友請蹲下。等一下每一班的老師會來點名，叫到名字的人請你站起來喊『有』，然後跟老師一起進教室。」

那一字一句我都聽懂了，於是我豎起耳朵，仔細聆聽屬於我的姓名。

「陳仁豪。」老師喊。

「有！」馬上有人站起來回應。

我準備著，只要一聽到我的名字，我一定要喊最大聲。

過了好久，有一個女老師喊：「鄭有利。」

沒有人回應。

那位女老師再叫一次，還是沒人回答她。

「奇怪！名單上總共有三百二十五位小朋友，剛剛點算過兩次了，都沒錯啊！」女老師皺著眉頭。「新生裡面有聾子嗎？奇怪！」

她跳過這一個，繼續喊其他人的名字。

老師們一個個輪流上來喊人，底下的小朋友也漸漸的減少了，我感到非常奇怪，爲什麼始終等不到我的名字呢？我的心好慌。

終於，最後一班的老師點完名了，廣場上卻只剩我一個人。我覺得自己是個遭人遺棄的孤兒，天地都變成黑白色，心中很寂寞，很害怕，很傷心，很緊張。

這時，剛剛那位女老師從教室裡面跑過來。我精神一振，心想：「啊！得救了！」

然而萬萬沒想到，她竟然怒氣沖沖的說：「噢！就是你，你這個鄭有利，剛剛叫你叫了半天，你怎麼都沒有喊『有』？」

「我……」我根本聽不懂她在說什麼。

「唉！你會講話。你明明不是聾子，也不是啞巴，你會講話，爲什麼聽到自己的名字不會回答？笨蛋！」老師狠狠的罵我。

從來沒有人罵我笨蛋，我也不知道老師爲什麼這麼壞，我眞的嚇壞了，鼻子一酸，開始吸鼻涕。

「我看看是誰生出這種白癡，真是糟糕。」她翻翻手上的資料，用嘲諷的口氣說：「什麼？家裡還是開餅店的。每天吃餅，吃到這麼笨，以後每一科都得『丙』，丙，丙，丙，你這個笨蛋！」

她連說三個丙時，一邊用食指戳我的腦袋，戳得我頭昏腦脹。我滿腔的委屈和恐懼，終於受不了放聲大哭。

「哇——哇——」

學校好恐怖，老師像可怕的巫婆，無緣無故就罵人打人，我好想媽媽，我好想回家，我再也不要來這裡了。

忽然，我聽另一位女老師的聲音：「怎麼了？」

我抬頭一看，一位年輕的女老師站在旁邊，原來是我的哭聲引來別班老師的注意。

「你就不知道咧！這個笨蛋，剛剛點名，叫他的名字叫了半天，他都不回答。我苦哇！教到這種傻瓜，我以後的日子不曉得怎麼過喔！」

她不但罵我打我，還跟別人說我的壞話，我好生氣，哭得更大聲了。

年輕的老師看看我說：「不會呀！看起來挺可愛的呀！這樣好了，這個學生給我。」

「眞的？那眞是太謝謝你了，老天保佑！」

說完，她快快將我的資料抽起來，交給年輕的老師，然後逃難似的跑回教室去。

年輕老師看看資料，說：「鄭有利，來，跟老師走。」

「我不要！」我生氣的說。

「爲什麼？」

「因爲人家不是鄭有利。」

「喔？是嗎？你叫什麼名字？」

「我叫做鄭有禮。」

「理？道理的理嗎？」

「我不知道。」我還沒上學讀書，根本聽不懂什麼是「道理」。我說：

「我寫給你看。」

「你居然會寫字？」年輕的女老師好驚訝。

「嗯！我媽媽教我寫的。」

於是，我接過她手上的鉛筆，在紙上寫下我的名字。

「鄭有禮，鄭有利，哦！原來如此，教務主任把你的名字聽錯寫錯了。哈！」年輕老師摸摸我的頭說：「你好聰明喔！走，先跟我進教室，待會兒下課，我帶你去教務處更正姓名。」

下課後，我們去到教務處。教務主任說：「啊！眞不好意思，我寫錯字了。這是阿水伯的孫子呀！我結婚的時候，是他們家做的喜餅。」

年輕的女老師也說：「我也是。」

旁邊也有其他老師靠過來說：「我那時候也是，他們家的餅很好吃。」

原來，這些老師們都是我們家的客人。

回家之後，我將這離奇的遭遇跟大家講。

阿公聽了生氣的說：「什麼吃餅就會得『丙』？我的孫子天天吃我做的大餅，長得又高又壯，頭腦也是一級棒。我們家雖然不是書香世家，但是我很重視教育，只要考試考了一百分，都可以拿考卷來跟我領一百元當獎品。」

你知道嗎？爲了破除那個「吃餅得『丙』」的魔咒，更爲了感謝我的級任老師，我立下志願用功讀書。一直到現在六年級，德、智、體、群、美五育，我每一科都是甲上，而且我也從阿公那兒領到了一百多張一百元。

回想有愛姊說的話，我忽然醒悟，這些成績都不是去求文昌帝君得來的呀！

至於有信哥哥，聽二姆說，自從拜拜回來之後，他竟然能夠安心讀書，吃睡也正常了。

我跑去找他，看到在檯燈前的他，正勤奮的用功。看見我來，他竟然拍拍我的肩膀，勸起我來：「鄭有禮，你想考好畢業考，千萬不要胡思亂想，你要像我這樣認眞讀書，文昌帝君來看見了，才會願意保佑你的……」

## 生命禮俗小百科

### 拜文昌帝君

升學主義興盛下，學生們為了順利升學，考上理想的學校，會在大考前到文昌帝君前拜拜。有的會影印准考證放在供桌上，有的地方還發展出拜斗的儀式。不過，如果是「平時不燒香，臨時抱佛腳」，那是沒有用的。俗話說：「也得神，也得人。」拜文昌帝君或許可藉由信仰的力量求得心安，但想要考出好成績，還是得靠平常的努力用功才行。

## 換你來解謎

1、你認為考試前求神拜佛有用嗎？

2、該如何準備考試？跟同學交換你的經驗。

3、你曾經祈求宗教的力量來幫助你嗎？如果有，那是什麼原因？有效嗎？

4、下一次有同樣的難題，你還會使用相同的方法嗎？為什麼？

5、什麼叫做「也得神，也得人」？你同意嗎？為什麼？

## 11

# 大堂哥恬恬食三碗公半

今晚，小姑姑第一次去赴大帥哥王醫師的約會。

爲了這個珍貴又令人期待的機會，她特地買了一套全新的蜜絲佛陀化妝品，請大姑姑幫她化個美美的妝，還接假睫毛，重新「set」髮型。而且買了五套新衣服，都是青春活潑又美麗的飄逸長裙，準備將來有「續約」機會時一一亮相。

不知道王醫師有沒有被我們美麗的小姑姑電到？他們今晚聊得開不開心？有沒有增加對彼此的好感？

大人在稻埕乘涼聊的都是這件事，我們小孩在客廳看電視連續劇，但心裡記掛的也是這件事。

到了九點，大伯和大姆說要回去了，阿公、阿嬤和二伯、二姆也去睡了，我爸剛從工廠回來，去洗澡休息。五嬸那天放假，陪五叔去擺夜市，兩人都不在，六叔扶著大肚子的六嬸去睡覺。小孩子們一哄而散，有的上床，有的讀書寫功課，唯獨我死守客廳，盯著螢幕上的反共影片看，無論如何就是要等到小姑姑回來。

我媽本來也去睡了，後來起床上廁所，發現我還在看電視，不高興的說：「都快十點了，你還不去睡覺？」

「我在等……」

「嗨！三嫂，還沒睡呀？」小姑姑突然跳進門。「嗨！鄭有禮，不要一直看電視，眼睛會壞掉。」

我和我媽彷彿被大磁鐵吸引，不約而同奔向小姑姑，急切的問：「怎麼樣？怎麼樣？」

「啊！沒什麼啦！」小姑姑喜孜孜的低頭，一隻手不停的遮住半張笑得合不攏的嘴。

「喔？耳根都羞紅了。」我媽眼力眞好。「進雅，應該是聊得很高興喔？」

「你們怎麼談戀愛的？快講！快講！」我拉著小姑姑的手。

「談什麼戀愛啊？」小姑姑推開我，故意板起臉說：「鄭有禮，關你什麼事？你少在那裡胡說八道，去睡覺，不然去複習功課，你不是要畢業考了嗎？」

我的小姑姑恢復正常了。

「所有的書我都讀完了，拜託！讓我聽一下，拜託！」

「可以是可以，但不准亂插嘴。」小姑姑手指我的鼻子，但她嘴角微微笑起來，根本就是很想跟人分享的樣子嘛！

媽媽拉他坐下來，「怎麼樣？感覺還不錯吧？」

小姑姑歪著頭點了點，長長的假睫毛掀了掀，眼神飄向遠方，然後才甜甜的說：「他是長得很帥啦！個性也是溫良恭儉讓。」

「好，嫁給他，嫁給他。」我忍不住激動了。

「鄭有禮，你再插嘴，我就不講了。」小姑姑又瞪我。

「大人講話，不要吵，討人厭！」我媽也嫌棄我。

「好啦！好啦！」我趕緊捏緊我的嘴巴。

「然後呢?」我媽問。

「然後……我們從天氣開始聊，聊到餐桌上的牛排，聊著聊著就沒什麼話題了耶!」小姑姑神色一沉。「三嫂，是不是他對我沒興趣?」

「唉呀!男人嘛!總是比較不會說話，你要多找話題呀!」

「有哇!我問了很多他家人的事，他好像不太樂意回答，只說他的老奶奶下禮拜過八十歲大壽。」

「下禮拜是閏六月呀!怎麼有人六月的生日，卻到閏六月才做生日?」我媽問道。

「我問過他，他說他多桑下禮拜才有空回來，因此順延，剛好閏六月，也還沒到七月，都還說得過去。」

「然後呢?只有吃飯嗎?」我媽又問。

小姑姑停頓了一會兒又說：「有啦！吃完飯後，他開車載我去山上看夜景，那時候他主動說了很多話。」

「看夜景耶！」媽媽手托著雙頰，故意嬌滴滴的說：「哇！好浪漫喔！」

「可是……」小姑姑歪頭想了一下。「本來我也以爲他懂得生活情趣，可是後來又覺得怪怪的。不知道是不是他認爲我對他的家世很好奇，他劈頭就說：『你知道我家多有錢嗎？』然後指著山下的霓虹燈，一一爲我介紹，說：『你看！那一間一千坪的保齡球館是我爸爸開的，旁邊的三溫暖也是，右邊那一塊空地是準備開商場用的，等後山那一座高爾夫球場營業以後，資金調度靈活一些，商場就要開始整地了……』」

媽媽吐了吐舌頭：「聽蕭媒婆說，他家是地方上的大户人家，田產、樓房、股票多到數不完，總資產少說也有新台幣七億元。」

我又忍不住插嘴：「小姑姑，你將來環遊世界的時候，能不能帶我一起去？」

「你閉嘴啦！」小姑姑瞪我。

我媽感嘆：「哇！真是有錢人，說的話不一樣就是不一樣。」

小姑姑搖搖頭說：「唉！真是不一樣，我卻覺得比在吃飯時更無聊了，他還沒說完，我就開始打呵欠了，也許他只是一個有錢的土包子。」

「不會啦！都讀那麼高的學歷，又當到醫生了。」我媽說。「唉呀！男人就是喜歡說這一些，股票啦、汽車啦、房地產啦，很正常的。去過他家沒有？到他家看一看，大概也可以多了解一些。」

「怎麼可能？才第一次約會，人家還沒請我去呢！」

媽媽忽然眼睛一亮，俏皮的說：「這樣啦！你不是說他家奶奶要過八十大壽嗎？我叫你三哥做個大壽桃，用你的名義送過去當壽禮。然後我們先送去他家幫你看看，順便打聽打聽。」

「三嫂，這樣會不會很怪？」

「不會，不會，禮多人不怪。」

「那不是讓三哥破費了。」

「自己人應該的，爲了你將來能大大的幸福，這算什麼？」

這事就這麼說定了。

正當我滿懷期待小姑姑的好姻緣趕快來臨時，突然有一天傍晚從糕餅店傳來一個「驚天動地」的大消息——有人要結婚了。

不是小姑姑，也不是七叔，而是大家想都沒想到的，大堂哥鄭有忠。

是這樣的，據我媽跟我說，這件事是先由二伯「發現」的，雖然這樣說有點奇怪，你且聽我娓娓道來。

有忠哥在二伯的鐵工廠上班，工作勤奮，二伯很滿意，還想說以後如果自己的兒女沒人要接這間工廠，就直接交給有忠哥來經營。只不過他擔心一點，對生意人來說很重要，那就是和客人「應對」的功夫。

「並不需要口才多好，只要普通的應對就行了，但是有忠講話會結巴，一緊張還會臉紅，實在不是當老闆的料啊！而且，這也不是訓練得來的，你二伯覺得蠻可惜的……」我媽說。

「好可惜。」我也這麼認爲。

「不過有件事讓二伯發現了改變的機會，那就是提供鐵板原料的上游廠商，有個年輕的會計張小姐，最近跟有忠哥走得很近。聽說是那個張小姐第一次來收帳的時候，看到你有忠哥忠厚老實，就一直找他聊天。有忠當然很害羞，但是也對張小姐有好感，慢慢的，兩人就常常在下班後去看電影。」

「哈！看電影好啊！不用講話。」我覺得有趣。

「二伯本來還不放心，不敢跟別人講，沒跟二姆講，也沒去跟大伯講，擔心萬一兩個人感情有變化，會害有忠丟臉，也影響人家張小姐的名聲。」我媽有所顧慮的說。「而且，你七叔有女朋友卻還沒結婚，小姑姑也還沒嫁人，有忠是晚輩，照理說要排隊等一等。」

「那又怎麼會弄到現在阿公也知道了呢？」

「那是前天晚上，他們又去看電影，剛好散戲的時候，兩人走出來，遇到去吃消夜的大伯，這才公開了。」

「哈！大伯一定很驚訝吧！」

大太陽
秋水伊人
伊士曼彩色
獨臂刀

「還好耶！他們在談這件事的時候，我剛好在店裡面幫忙顧店，大伯說他曾經聽農會的同事提過，說看到有忠跟一個小姐走在一起，可是大伯不信，他還說：『哪有可能？他講話大舌頭，將來要靠媒婆囉！』哪知道他們已經在一起半年多了。」

「半年多了，我們都不知道，有忠哥眞會保密，『恬恬（靜靜的）食三碗公半』。」

「大伯說，阿祖、阿公都很希望能夠『五』代同堂，可是他又擔心小姑姑和七叔還沒嫁娶，有忠如果先結婚會給人感覺沒大沒小，不安分。所以他就帶著有忠去糕餅店找阿公，問他的意思。」

「我猜阿公一定說：『趕快生個囝仔，讓我也當阿祖。』對不對？哈哈！」

「你錯了，阿公二話不說，直接拿起電話，撥到七叔的公司，又撥到小姑姑的學校，問他們兩個說，如果有忠先結婚，他們有沒有意見？」

「他們當然沒意見，這還用問嗎？」

「你不懂，這動作是必要的。」

「結果咧？」

「七叔說非常好，他也想當叔公。小姑姑說完全沒意見，她不敢阻礙人家的姻緣。」

「所以呢？」

「所以就要到女方家說親事了，而且便宜了蕭媒婆，請她當現成的媒人。連日子也先看了，預備七月前訂婚。」

「這麼快？」我好驚訝。

「當然，爲了五代同堂啊！」

「哇！到時候我就當叔叔了耶！」

「對，祝你十三歲就當叔叔。」

我簡直要手舞足蹈了，我又問：「那個張小姐不知道長什麼樣子？我眞好奇。」

「大後天就可以看到她了。」我媽開心的說。「阿公請她來家裡吃晚飯。」

「眞的？太好了。」

那一天很快到了，家人聯手準備了一大桌菜，傍晚時，有忠哥帶張小姐來了。

「大家好，我叫做張碧華，叫我碧華就好。」她大方的跟大家問好。

大家聞訊而來，客廳一下子擠滿了人。

有忠哥一一介紹：「這是我阿公。」

「阿水公你好。」

「我阿嬤。」

「阿水婆你好。」

「我爸。」

「阿伯你好。」

大伯說：「親事昨天就說好了，直接叫阿爸就好了。」

碧華姊一笑，點頭說：「阿爸。」

大家都笑了，怪的是碧華姊沒臉紅，有忠哥卻臉紅了。

大姆說：「不要叫人了，快來吃飯，先吃飯再聊。」

碧華姊個子嬌小，高額頭大眼睛，聰明伶俐的樣子，站在高大的有忠哥身旁小鳥依人，有忠哥滿臉是幸福的微笑。

也眞難爲她了，我們家「人多勢眾」，想要好好記住每一個人，不是三兩天辦得到的。

吃飯的時候，阿嬤頻頻幫她夾菜，她大方道謝之外，也幫阿嬤夾菜。小姑姑忽然貓兒似的從後門溜進來，悄悄躲在碧華姊後面，然後故做神祕的說：「張，碧，華——」

碧華姊一轉頭，立刻站起來立正行舉手禮：「老師好。」

「啊！」我傻了，她那樣子好像早有準備了，怎麼會這樣？

「哈！哈！哈！」小姑姑抱著她樂開懷。「碧華是我第一年當導師時的學生。」

「喔——」眾人一陣驚呼。

天哪！原來是這樣，太巧了，太巧了！這也算親上加親嗎？

飯後，碧華姊堅持幫忙洗碗，灶腳只有她和我媽在裡頭。

我跑進去問她：「你不覺得有忠哥太安靜，很無趣嗎？」

「不會呀！」

「爲什麼？」

「你眞的想知道嗎？」

「當然。」

「好，我跟你說。」她清了清喉嚨，開始像機關槍掃射那般，吐出一長串連珠炮：「我喜歡安靜的男生，因爲他們有神祕感有種深不可測的魅力，看起來很吸引人讓我想一探究竟，有關他們的一切我都想打破沙鍋問到底。我們在一起呀一點都不會無聊，因爲我會講很多事給他聽，他只要負責點頭笑一笑偶爾問幾個問題就好了。像我們前天去看電影之前看到一個乞丐，有忠掏五塊錢給他我就想到我外婆家有個『假乞丐眞富翁』的事，是假乞丐眞富翁不是眞乞丐假富翁喔你不要聽錯了然後我就講啊那個人眞的是個大富翁不過錢都是乞討來的當然他是假裝成乞丐學跛腳講話漏風……」

天哪！她越講越快，連換氣都不用，我眞是大開「耳」界呀！

這位將來的大堂嫂不但中氣十足，口才更不是普通的厲害啊！如果去參加繞口令比賽，絕對穩拿世界冠軍。

# 生命禮俗小百科

## 訂婚

傳統習俗，男方請媒婆到女方家提親，女方同意後，開始「討生時」（索取對方的生辰八字）核對雙方的生辰八字有沒有相剋不合，如果沒有，便可訂婚。現在人多不這樣做，雙方是否適合婚配，多由交往相處自己判斷。

傳統訂婚細分為小聘、小訂、大聘、大訂、完聘，現多簡化為一次。訂婚時男女雙方交換戴戒指，新娘向男方親友敬奉桂圓茶，男方要在杯子下面壓送紅包作為回禮。此時婚事確定，有此公開儀式，親朋好友也都知道喜訊了。

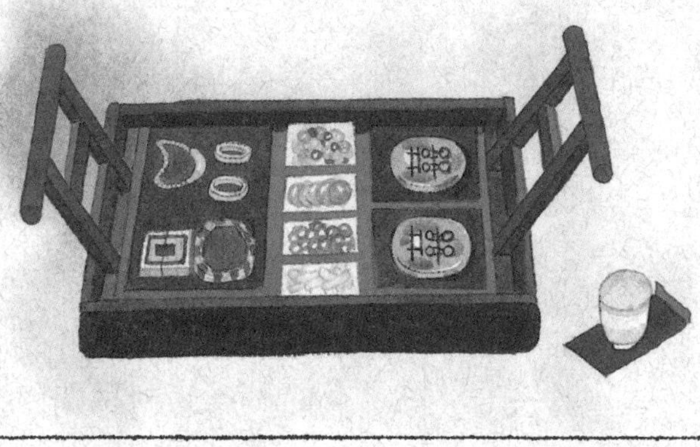

## 換你來解謎

1、你有沒有參與過親戚的訂婚儀式呢？你覺得訂婚代表的意義是什麼呢？

2、王醫師家很有錢，如果你是小姑姑，會不會因為這一點而心動呢？為什麼？

3、有忠哥和碧華姊個性相反，大家認為是互補，是天作之合。你認為是嗎？

4、如果兩個個性相反的男女交往是天作之合，那麼如果兩人個性相類似，是不是就不適合交往呢？說說你的看法。

12

# 小姑姑的大遺憾

這天，灶腳又傳來濃郁的味道，但這次和上回那油飯完全不同，純粹是豬肉味伴隨醬油豆豉香，不！還有濃濃的花生香氣。

我好奇的跑過去，看見大姆和二姆在灶腳滷花生豬腳，一旁還有一堆雪白的麵線。

「哇！今天吃豬腳麵線耶！」我好驚喜，因爲豬腳肥嫩，嚼了之後膠質綿密，非常香滑好吃，可是不便宜，平常是吃不到的。「爲什麼？」

「那是因爲……」

大姆的話還沒說完，就從門口傳來大姑姑的聲音：「我來了，我來了。」她捧著一個大湯鍋，掀開一看，竟然也是豬腳麵線。

「這到底怎麼回事？」我實在納悶。

「今天是閏六月的十五，每次到閏月時，嫁出去的女兒要拿豬腳麵線回娘家，給父母補運。」

「補運？」我看看大家。「所以，你們也都要回娘家，拿豬腳麵線回去？」

「是啊！」二姆說。「你媽出去買米酒，等她回來，也要拿去你外婆家。」

「好好的，補什麼運？為什麼大家都要補運？」我又問。

阿嬤也進來，剛好聽見我的疑問，她說：「那是古早的傳說，平常一年十二個月是正常的，這數字也是吉利的，但是遇到閏月那一年有十三個月，就不吉利了。據說會害父母親減壽，所以說要幫父母親補運添歲壽。」

大姑姑說：「我也聽過另一種說法，是嫁出去的女兒就像潑出去的水，很難得回娘家，如果還能回娘家去，拿好吃的孝敬父母，那是多出來，就像閏月是多出來的月份一樣，所以就在閏月做這件事，也給人多個回娘家的好理由啦！」

「對了！」阿嬤對大姑姑說。「給俊豪補運用的衣服，你等一下記得順便帶回去。」

我不免困惑：「怎麼在閏月父母要補運，小孩子也要補運

啊？」

「不是啦！」阿嬤解釋。「俊豪和有信都要聯考，初六時我拿他們的衣服去請師公給他們補運，讓他們今年的運旺一點，看能不能考好一點。昨天衣服拿回來了，有信的我給他拿過去了。」

我引用有愛姊的話說：「沒有用功讀書的人，是沒有資格請神明保佑他的。」

阿嬤說：「當然自己要用功，但是考試也有考運，所以『也得神，也得人』啊！」

「怎麼說呢？」我不懂。

大姑姑說：「你沒看電視新聞嗎？有人出門忘記帶准考證，有人緊張拉肚子……」

二姆接著說：「拉肚子、出車禍、突然感冒、跑錯考場、出的題目剛好都不會……，狀況很多啦，都是考運不好。」

「原來如此。」我點頭，確實，這些都不是用功就可以避免的。

我的畢業考考得不錯，畢業時我也順利拿到「縣長獎」。阿公還親自參加畢業典禮，讓我感到格外光榮。

有人對阿公說：「阿水伯，今年你的孫子們，一個升國中，兩個升大學，三子登科，眞是好福氣啊！」

阿公客氣的說：「不敢，不敢，那兩個要眞的考上了才算啊！」

說眞的，畢業了，眞捨不得同學和老師。對於新學校和將要來到國中生涯，我是感到徬徨茫然的，完全沒有那個所說的什麼「登科」的快樂啊！

又過兩天，爸爸忙了一下午，在王老夫人壽誕前一天把大壽桃準備好。爸爸開車載媽媽，我自告奮勇要幫忙搬貨，硬是鑽進小貨車裡，心裡有種偵探辦案的刺激感。

車子在一棟豪宅前面停下，媽媽和我都驚訝的嘟起嘴巴，吐出一口氣。

我爸說：「你們進去看吧！我等你們。」

那房子好大好漂亮，前面的庭院更是寬敞，有綠油油的草皮，修剪整齊雅致的花木，還有高聳的假山和寬闊的水池，池子裡養著一群金金紅紅的錦鯉，每一條都比我的大腿還粗。

媽媽對我擠眉弄眼，在我耳朵邊輕聲說：「你小姑姑要是嫁過來，我們都不必出國旅遊了，來這邊度假就夠了。」

我呆呆發笑，高興得說不出話來。

一個西裝筆挺的老管家來爲我們帶路，我和我媽捧著那個大壽桃，小心翼翼的在門口脫鞋。

一進門，我簡直要驚叫了，果然是富豪之家，什麼都大：挑高的大廳、大螢幕的電視、象牙色的大鋼琴、水晶大吊燈、毛茸茸的大地毯，還有一座別墅專用的電梯，簡直就是一座大皇宮。

王老夫人坐在輪椅上，由傭人推出來，一旁還站著兩位護士，她面無表情的摸摸我們送來的大壽桃。

媽媽馬上堆滿笑臉，迎上去說：「恭喜，恭喜，王老夫人，祝您生日快樂，壽比南山。聽我們家進雅說，最近和你們家王醫師走得比較近，相過親，也約過會……」

看王老夫人還是木頭般的表情，媽媽自說自話，越來越不自然，越說越結巴：「……我們家進雅……不，不是我的女兒……是我丈夫的小妹啦！哈！……說你們家王醫師才貌出眾……哈！前途無量……」

不知是不是聽到「前」（錢）這個字音，王老夫人輕輕揮手，讓傭人將她推進電梯，隨著電梯門關閉，消失了蹤影。

管家像是受到命令一般，即刻訓練有素的請我們參觀大廳的裝潢。他伸出手掌，一一介紹：「這一組是義大利進口的宮廷沙發，仿法王路易十四宴客廳的那一套，造價三百二十萬；這是進口立體音響，一百二十萬，有十聲道，現場環繞超重低音；這水晶吊燈，高十公尺，南非水晶鑽切割光面，夜裡只要點一盞小燈，它也能反射出千萬道光線，把大廳照得像是大白天……」

「這……」媽媽不知想問什麼。

管家即刻回答：「不貴，不貴，一百五十萬。」

媽媽眼睛一閉，眉頭一揚，好像快昏倒的樣子。

我突然看見鋼琴後面的走道裡有一扇鐵門。我感到十分好奇，一般鐵門都是裝在大門上，怎麼會安置在家裡呢？過去一看，還不只一扇，客廳之外，每個房間門口都加上一扇鐵門。

眞是奇怪！除去那些高級裝潢不看，若是光看這一些鐵門，這棟大房子活似一座大監牢。

我扯一扯媽媽的衣角，示意她看那些鐵門，她皺皺眉，使了個眼色，要我住嘴。

離開王家以後，媽媽的表情「五味雜陳」，一回家馬上一五一十的報告給小姑姑，尤其特別強調那一扇扇的鐵門。

幾天之後，小姑姑又去約會了，而且聽說是因爲那個大壽桃，王醫師覺得過意不去，也邀了小姑姑去參加壽宴。

但小姑姑回來時卻是愁眉苦臉。

媽媽問她：「怎麼了？有錢人家請客，排場一定很不一樣吧！」

「唉！當然不一樣。魚翅、鮑魚、燕窩，什麼高級的山珍海味都有，在他們家的大院子裡擺了六十幾桌。」

「哇！我也好想去喔！」我聽了，忍不住流起口水。

媽媽拍拍我的肩膀要我別吵。「然後呢？然後呢？」

小姑姑說：「來的客人不是有錢人就是議員、立委、高官，有人送人參，有人送靈芝，更多人送金銀珠寶，什麼金項鍊、翡翠手環、聚寶盆、瑪瑙墜子，天啊！眞是，簡直在比誰最有錢。」

「那不是很好嗎？」我忍不住提問。

媽媽癟癟嘴，使眼色示意我安靜。她又急切的問：「我們送去的大壽桃呢？老夫人喜不喜歡？」

「唉！我怎麼知道？」小姑姑聳聳肩膀。「我找了半天，連一塊屑屑也沒看到。搞不好人家看不上眼，全送給下人了。三嫂，我這樣說，你可不要難過。我們的大壽桃好吃是大家都知道的，

可是他們有錢人……」

「說不定，老夫人喜歡吃，都吃完了。」媽媽的表情果然有些失落。

「唉呀！怎麼可能？」小姑姑誇張的笑笑，接著又垮下臉說：「不過，那些都不重要了……我跟王醫師……已經吹了……」

「啊！怎麼會這樣？」

媽媽的表情彷彿是中了愛國獎券頭獎，卻遺失彩券無法兌領那樣。我想我臉上的神情應該也差不多。

小姑姑搖搖頭說：「唉！那一天他帶我進他家參觀，那些鐵門我也都看到了。他跟我解釋，他們家常常遭小偷，也出現過好幾次內賊，甚至他的弟弟、妹妹和傭人都曾被揭穿過，爲了防患竊盜，除了裝設保全系統之外，仍然不得不加上鐵門才能安心。這樣的家，住起來不是會疑神疑鬼，膽戰心驚嗎？叫我怎麼能接受呢？」

我連忙插嘴：「那不是要帶著一大串鑰匙嗎？進房間要開鎖，上廁所也要開鎖囉！是不是開冰箱喝汽水也要開鎖，那多麻煩哪！」

「那簡單，你們搬出來住就好了。」我媽提議。

「他說不行，他是家族的大孫，不但要繼承家業，還要奉養父母和祖母，還說他的阿嬤很疼他，一天沒看到他，就吃不下一粒米。」

「那就麻煩了。」我媽說。

「明天開始，我要拒絕他的約會，連電話也不想接了。」

「唉！那不是和榮華富貴擦身而過嗎？你不覺得可惜嗎？」媽媽說。

小姑姑苦笑說：「錢的確是很吸引人，他人也還不錯，唉！可是一想到那一棟有如監獄的豪宅，我就心驚膽跳，我可不要爲了金錢和愛情而失去自由哇！」

「說的也是，形體上的自由很重要，心靈上的自由更寶貴呀！」媽媽點點頭，轉身對我說：「以後要度假還是得自己想辦法，你小姑姑不當王家少奶奶囉！」

我說：「媽！你放心，我長大以後要賺很多錢，帶你去環遊世界。小姑姑，我會帶你一起去的。」

「謝謝你喔！」小姑姑突然用力抱住我，瞬間又把我放開。「算我沒有白疼你了。」

媽媽和小姑姑都笑了，不過我看得出來，他們兩人的笑容不一樣。媽媽的笑臉裡是無奈，小姑姑的就比較複雜，因爲她的眼眶裡閃著淚光，我不知道要怎麼形容。

## 生命禮俗小百科

### 補運

傳統上，人們相信一個人出生後，根據他的生辰八字去推算，會有一定的命格和運勢。一生的運勢有起有落，有高有低，當運勢低潮的時候人可能常會生病、意外受傷、破財、事業不順、夫妻失和等等，因此人們希望藉由補運的行為，來增強那時候的運勢，期盼一切順利。

有的人用喜事、吉祥話、吉祥物（如麵線、紅龜粿）來補運，有人會請師公作法事來補運，也有人認為平常多作善事，救助貧困的人，自然會有福德，利人也利己，比其他只為己利的補運方法更有意義。

## 換你來解謎

1、你相信補運會增強運勢嗎？你或你的親朋好友有沒有特意做過什麼來補運呢？

2、有人說做善事可以積陰德，你相信這個說法嗎？你會因為有福報，而去做善事嗎？

3、小姑姑去過王醫師家之後，為什麼想要拒絕王醫師的約會？

4、想想看，如果你住在一戶人家，每道房門都加裝鐵門，那是什麼感覺？

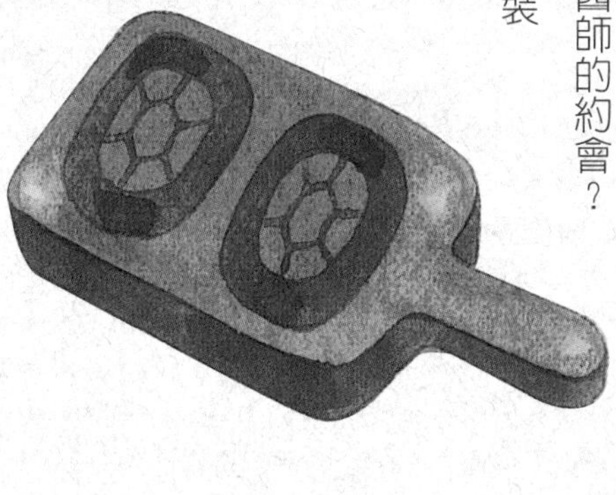

# 13 我那叛逆的哥哥

這天傍晚，我在客廳看電視，電話鈴響。

我媽接完電話後，轉頭對我說：「你等一下騎腳踏車，載幾瓶啤酒去店裡，拿給阿公。」

「爲什麼？」我眼睛一睜，警戒起來。

「里長的大女兒要訂婚，在店裡詢問相關的禮節。阿公要泡茶給他們喝，里長說天氣太熱想喝冰的。阿公想到阿祖作生日那天有剩下一些啤酒，正好店裡的冰箱也有現成的冰塊。」

「喔！」我不自在的眨眨眼睛。

「咦？那三箱啤酒呢？」我媽低頭在雜物間到處尋找，就是找不到。

「那天訂了三十箱台灣啤酒，喝到剩下三箱，雜貨店來收酒矸子的時候，多桑說還沒開瓶的就留下來不要退，等有親朋好友來時，可以拿出來招待客人。」

「奇怪？那天碧華來吃飯時，並沒有開啤酒來喝啊！」二姆也在找。

「是誰拿去喝了嗎？有喝這麼快嗎？」

「該不會是……」我媽眉頭一皺，沒把話說出來。

找了半天都沒有，媽媽只好拿錢，叫我去雜貨店買三瓶。

其實我知道是誰拿去喝了，但是我不敢講，萬一講了後被他發現是我告密，我肯定吃不完兜著走。

那個人就是我哥，鄭有義。

而且我還知道，那三箱啤酒是分三次喝光的。當然，他一個人是不可能辦到的，得仰賴他的那群「朋友」才行。

你一定很好奇我是怎麼知道的，很簡單，我跟我哥睡同一個房間。

阿祖壽宴後的某一天晚上，很晚了，他才醉醺醺的進房間睡覺。

那時我才剛上床，朦朧將睡，瞬間被濃濃的酒精味吵醒，立即有個不祥的預感。我哥坐在床緣，靠在牆邊，大大的喘著氣，忽然一個轉身，他拉開窗户，伸出頭顱，哇啦哇啦的朝外面嘔吐。

我有點起床氣，不高興的說：「喝那麼多酒要幹什麼？」

我哥擦擦嘴角，拉高音調：「你懂個屁呀！你如果敢講出去，我就修理你。」

說完又吐了一次。

我不理他，躺下要繼續睡，他卻命令我：「鄭有禮，你去把那些東西清一清。」

「什麼？」我完全不敢置信，「哪有人這樣的？我不要。」

「叫你去就去！」他拎起拳頭威脅我。

他大我四歲，身強體壯，孔武有力，如果打起來，我完全不是他的對手。識時務者爲俊傑，我只好很不爽的下床，拿掃把和畚斗走到外面去。

還好外面有微弱的月光，我先掃些泥土倒在穢物上，等它吸乾了水分，再一起掃起來，倒進花圃裡。

等我忙完回房間，他已經睡著了。隔天我去雜物間看，少了一箱啤酒。

同樣的事一共發生三次，第二次開始我忍氣吞聲，自動去清理，連裝睡都不敢。

是的，我很怕他，從小就怕。小時候我跌倒受傷，或是受了委屈而放聲大哭，姊姊們、姑姑們、阿姆們都會來安慰我、哄我，唯獨我哥會跑來笑我「膽小鬼」，甚至在沒有其他人在場時，他一個拳頭就過來了，霸氣的說：「這是讓你閉嘴最快的方法。」

相較之下，他眞是個「勇者」，天不怕地不怕，跟人打架，爬高爬低，搞得受傷流血，不但不喊疼不流淚，還引以爲傲向我炫耀：「男人不喊痛，這才有氣魄。」

他之前還曾把一堆鞭炮丟到鄰居家屋頂，差點引發火災。鄰居來抗議，我媽拿藤條修理他，結果他非常勇敢，咬緊牙關，不哼不唉，沒流下半滴眼淚。

唉！這些都是我這個「膽小鬼」做不來的。

升上國中之後，他結交了一群朋友，開始學抽菸、喝酒、打架鬧事，還迷上打麻將。他的同班同學被別班的欺負了，他會去教訓對方。我二表哥曾經逛夜市時忘了戴眼鏡，瞇著眼睛看人，被小流氓誤會他在瞪人，肚子挨了一拳。我哥一得知消息，馬上去揪人找小流氓報復。

三天兩頭，學校老師就打電話來告狀，三年內接連被記了三個大過，即使小姑姑在國中當老師，也拿他沒轍。

去年他國三下時，有一天突然對我非常好，請我喝汽水、吃臭豆腐、打彈珠，爲的是要借用我美麗的字跡幫他抄一篇文章。

這麼簡單的事，我當然答應了。可是當我發現那是一封情書時，想後悔已經來不及了。

那封信是假借一個女生的名字，寫給他自己的。內容是多麼欣賞他，多麼想跟他作朋友，而信封上寫的收件人便是他「鄭有義」，收件地址是他們國中他的班級，寄件人地址寫「內詳」。

這件事引起很大的風波，爸爸接到學校通知，隔天要去處理。連小姑姑都覺得很丟臉，回家後氣急敗壞的對我媽說：「人家一個清清白白的女孩子，全校最漂亮的校花，被鄭有義玩弄成那樣，哭得稀里嘩啦，說不想活了……」

仔細聽完才知道，原來我哥爲了在他那群朋友面前逞威風，裝英雄，故意設計了這件事。當學校總務處收到信而廣播他的名字時，大家就開始起鬨，直到他拆開信件，被人搶去宣讀之後，全班歡聲雷動。他被同學們高高抬起，遊行穿越十個班級。

然後很快，消息傳到女生那兒。那個女生覺得莫名其妙，被人取笑之後又百口莫辯，知道遭受設計後，覺得百般屈辱，哭得萬分悽慘。她班上的女生個個義憤填膺，跑去告訴訓導主任。不久後，那女生打公共電話回家哭訴，她的爸爸怒髮衝冠衝到學校，揚言要我爸去他家道歉，洗門風……。

小姑姑說：「你們知道我聽到的時候有多麼『皮皮挫』嗎？我請同事幫我代課，跑去訓導處，一直跟她爸鞠躬道歉，她爸才被我安撫下來，要不然，他本來要求遮羞費『五十萬』……」

「哇！」大家都驚叫。

小姑姑突然轉向我：「鄭有禮，那封信是你幫他寫的，對不對？」

我一時之間愣住了，啞口無言。

「你爲什麼要幫他做壞事呢？」大家異口同聲，將矛頭指向我。

「我……我不是故意……哇……」我成了幫兇，我想辯解，卻又不知怎麼說才好。我又難過又生氣，放聲大哭。

那天晚上，我哥被阿公叫去神明前面罰跪。跪了三個小時後，他回房不發一語，我也裝睡，當作什麼都不知道。

隔天我爸去學校處理。三個大過都記滿了，理當退學，但我爸求情，說快畢業了，能不能不要退學？最後學校通融，讓他向女生道歉，寫悔過書公布在布告欄，還有留校察看。而我爸買了一盒水果、兩大袋魚翅和香菇，押著他到女生家賠罪，這事才過去了。

我媽非常煩惱，常常對他叨叨念念：「你這歹子，只會跟人結黨，四處匪類。阿公的面子都給你丟光了，小姑姑的尊嚴也給你破壞了，我和你爸也不知道怎麼做人……」

我爸的反應卻完全相反，他處理完善後，回頭對我哥說的卻是：「你要抽菸，就要有本事不要讓人抓到。你要打架，就要讓對方服氣，不會去告狀。你想要喜歡的女生喜歡你，你自己要有好表現。」

我媽知道後，對我爸的說法非常不高興，「抽菸、打架本來就不對，這年紀也不應該談戀愛，你這不是在教壞孩子嗎？」

爸說：「男孩子抽菸、打架、喜歡女生都很正常。你一直罵他也不是辦法，罵就有用嗎？你罵了那麼久，小時候也打過他，有用嗎？」

「我打沒有用，那你怎麼不打？」我媽很抓狂。「你啦！你自己就是一個歹子，當然什麼都無要無緊。」

我爸沒發飆，也不反駁，默默的離開去做事。

聽起來我爸從來沒有打過我哥，這是怎麼回事？

我跑去問阿嬤，阿嬤嘆口氣說：「你阿爸小的時候也差不多是那樣，後來當完兵之後就會想了，才變乖了。」

「原來是遺傳。」我恍然大悟，卻又感到困惑。我問自己：「那我呢？難道我只遺傳到媽媽？」

好不容易我哥去年國中畢業，領到畢業證書，我爸問他：「想在家學做糕餅，還是去讀高職？」

他選了高職，後來考上附近學校的汽車修護科，每天通車，放學後還是跟那群朋友混在一起。

阿祖作九十歲生日時，壽宴開了三十桌，我爸刻意保留了一桌給他請那群朋友，惹得我媽非常不高興。

我爸那時安撫我媽：「男孩子就是要五湖四海交朋友，人面才會廣，你不懂啦！」

我也不懂。我爸還叫我過去跟他們敬酒，那些人我一個也不認識，搞得我很尷尬。

三箱啤酒消失這件事，我本以爲會不了了之，沒想到我媽暗地裡跑去我哥的朋友家，問他們的家長，孩子有沒有喝酒的情形。不料，意外給她問到一個駭人聽聞的訊息，回來後立刻臉色鐵青去跟我爸耳語。

那天晚上，我爸到我房間等我哥回來。

我哥背著書包晃進房門時，看到他愣了一下。

「上衣脫掉。」我爸平靜的說。

我哥眼神發直，然後低下頭脫下校服，一顆虎頭的刺青赫然出現在他右胸上面。

我爸深吸口氣，強做鎮定：「書包打開，拿出來。」

我哥頭都沒有抬起來，直接從書包裡面緩緩拿出一把冷光閃閃的——扁鑽。

我還來不及驚叫，「啪——」我爸已經一個大巴掌甩在我哥臉上。

我哥沒站穩，整顆頭撞上右邊的牆壁，又彈起來，摔到地上，手中的扁鑽摔飛出去，落地鏗鏗鏘鏘。

我爸撿起扁鑽，紅著眼眶激動的吼說：「爲什麼——要讓我失望——」

話說完他就走了，留下我哥抱頭痛哭。

天哪！我哥居然是有眼淚的，而且還流個不停。接下來他會不會惱羞成怒，拿我出氣呀？

不好意思，我這個「膽小鬼」不敢和這樣的哥哥睡覺。我躡手躡腳的跑去小姑姑房間，興奮的比劃這精彩的一幕，然後睡在那兒的地板。

那是學期末，我國小畢業後發生的事，不久我哥也放暑假了，這期間我沒看到他們父子講過話，不過我哥待在家裡的時間變多了。

進入農曆七月，小有平在七月初七七娘媽生這一天，阿嬤要帶他到媽祖廟給七娘媽當「契子」。前一天，我爸叫我哥過去，帶到阿嬤面前說：「卡桑，有義今年十六歲了，明天帶有義一起去，去作十六。」

阿嬤恍然一笑：「啊！一直煩惱有平歹腰飼，我都忘了有義要作十六了。」

初七時，他們就一起出門，我去糕餅店幫忙作中元普渡的祭品「烏仔餅」，沒跟去。

初八開始，我哥居然自動跑來工廠幫忙。

大家知道後都是嘴巴一開，眼睛一亮，驚訝萬分。

工作一半，趁我哥去上廁所時，阿嬤欣慰的說：「七娘媽眞會保佑人『轉大人』，呵呵！作十六眞有效。」

小姑姑調皮的說：「惡馬還得惡人騎。」

我媽說：「浪子終有回頭時。」

「才不是呢！」我知道原因，根本沒有這麼簡單。

# 生命禮俗小百科

## 作十六

古人以滿十六歲為成年，在十六歲的七夕，也就是七娘媽生日時，到廟裡面舉行「作十六」的成年禮，代表已經長成大人可以婚嫁，而男生的工資不再是童工的低價，而是跟成人一樣的全新了。

要準備豐盛的供品，包括：牲禮、胭脂、膨粉、鏡子、紅絲線等來祭拜答謝。廟裡會架設一個七娘媽亭，讓孩子從底下鑽過三次，表示出了娘媽宮，已經

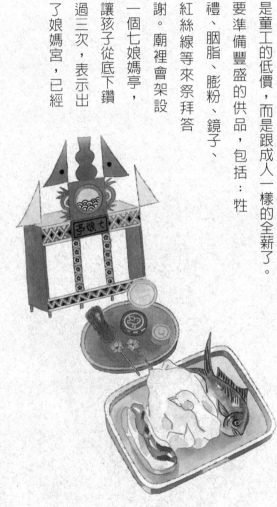

長大了，不需再依賴七娘媽特別關照了。
如果是神明的「契子」，也在這一天取下「絭（音同眷）牌」，不再掛上，稱為「脫絭」，並燒掉「契書」，是為「謝契書」，終止認養合約的關係。

## 換你來解謎

1、鄭有禮認為他哥哥變好的原因，沒有像大家說的那麼簡單。那麼真正的原因是什麼？

2、如果鄭有義是你的同學，你會怎麼跟他相處？如果他是你的哥哥，你又會怎麼跟他相處？

3、你有沒有看過成年禮？你覺得成年禮的意義是什麼？

4、你能說說世界各個民族中，不同的成年禮儀式嗎？

# 14 大姑姑的灰暗心事

畢業典禮後我就放暑假了，有信哥卻還在水深火熱之中。不過倒數計時是很快的，牆上的日曆一張張撕去，國曆一下子就轉到七月，大學聯考隆重登場。

小姑姑準備了水壺、點心、扇子，跟著有信哥去陪考。這出乎我意料之外，忍不住對媽媽說：「小姑姑眞好。」

「這是自然的，姑疼孫，同字姓。」

「什麼？」我完全沒有聽懂。

「對小姑姑來說，你們這些姪子，台灣話叫做『孫仔』。當姑姑的都很疼姪子，因爲你們都同姓『鄭』啊！」看我一臉茫然，我媽又自己另做解讀：「其實是這樣的，從你二堂姊有淑出生之後的每一個小孩，你小姑姑都有照顧到，抱抱、包尿布、餵牛奶、哄睡覺、說故事，像個小媽媽似的疼你們。」

我回想小時候，確實，小姑姑常常抱我哄我，給我洗尿布，陪我玩，還常常買零食、玩具給我。

「那麼，有淑姊之前的人呢？」我問。

「有忠、有愛、有仁、有孝，那都是大姑姑幫忙照顧的，所以比起小姑姑，他們跟大姑姑更親。」

喔！原來是這樣。

這時讀研究所一年級，早已回家放暑假的有淑姊，倒了一杯白開水經過，靠過來打趣的說：「啊！我聽見我的名字了，你們在說我的壞話嗎？」

「才不是。」我急忙澄清。「我媽是在說你和大姑姑很要好。」

「沒錯。」有淑姊摸摸她俏麗的短髮，開心的說。「天氣太熱了，我前天才給大姑姑剪了短髮，而且她不收我錢。」

「這樣不好，你應該給她錢。」我媽說。

有淑姊皺起眉頭說：「有啊！大姑姑就是硬不拿，還說只是舉手之勞，每次都這樣。」

「你阿嬤若是知道，免不了要罵你兩句。」

「這怎麼能怪我？」有淑姊委屈的說。

「我教你，下回你不要自己去，帶長輩一起過去，我啦！你媽啦！大姆啦！這樣她就不敢不收錢了。」

「知道了。」有淑姊開心點頭。但她又癟了嘴，神色古怪的說：「三嬸，我覺得大姑姑昨天怪怪的，心情不太好的樣子。問她，她說沒事，但我知道明明就有事。」

「該不是夫妻吵架吧？還是擔心俊豪聯考的成績？或是身體不舒服？」我媽問。

「這些我都問了，她都說不是。尤其她對俊豪的成績很有信心，今天也去陪考了。」

我媽若有所思：「那麼，改天我去洗頭時，再來問問她。」

三天聯考很快過去了，小姑姑說有信哥表現順利，沒有突發意外，大姑姑也打電話跟阿嬤說俊豪哥答題答得很順，有信心可以考上第一志願。

大家聽了都很高興，至於最後成績如何，就等放榜才知道了。

我媽自言自語：「進美有空了，我也該去給她洗個頭了。」

我聽見了，對她說：「我也要去。」

我媽笑說：「你這小跟班，好奇心那麼重。」

其實我不是很愛去大姑姑的美髮店，因爲裡頭有一股濃濃的、怪怪的中藥味。她像個老巫婆似的，廚房裡總是熬著怪藥汁，同時店裡忙著剪燙頭髮，一會兒鑽進廚房顧火候，一會兒又出來招呼客人，兩頭跑個不停。

姊姊們倒是三天兩頭往那邊跑，都是讓大姑姑叫喚去喝藥汁的。

我曾經好奇的跟在三堂姊有娟後面要去湊熱鬧，卻被她趕走。她嫌我說：「我們去喝四物湯，你是男生，不要過來。」我還是偷偷跑去，看到婉婷姊、有娟姊、有蕙姊和有蘭姊擠在廚房喝藥湯，一邊還嘁嘁喳喳的低聲討論事情。

「那個來了之後才能喝四物湯，如果來的時候肚子會痛的，那就要喝中將湯才有效……」

一見到我出現在店裡，她們竟把廚房門鎖了，讓我有被人排斥的不舒服感。那一回之後，我就不再做這種事了。

這一回是不同的情況。比起打探大姑姑心情不好的原因，事實上，我更好奇的是美髮店新買進的雜誌《愛情青紅燈》。

我是在吃飯的時候，聽有娟姊對我哥說，她去剪頭髮的時候，發現了這本新雜誌，裡面有交筆友的專欄，非常有趣。她想借回家看，大姑姑說不行，那是給客人看的，想看的話就到美髮店去看。我哥說他不屑看，不過我高度好奇。

到了美髮店，我發現空氣中沒有中藥味，我大口呼吸，感覺好極了。跟大姑姑打過招呼後，我迫不及待的在雜誌櫃裡找到了那本雜誌，然後坐到沙發上津津有味的讀起來。原來不只一本，已經出了四本了，裡面真的有徵筆友的公告，洋洋灑灑好幾頁，幾十個男男女女都貼出大頭照，介紹自己的身高、體重、興趣和心願，想結交異性朋友呢！實在是太有趣了。而且還有個靜梅姊的專欄，她會回覆讀者的來信，解答夫妻、婆媳、情侶、單戀……各種感情問題。

這使我想到糕餅店裡常聽到的收音機節目，裡頭有個小林大哥，也都會答覆聽眾的來信，寫信的人會提出困擾，像是工廠的女工愛上小老闆，遭到對方家庭反對；學裁縫的小姐，同時有兩位男士在追求，不知如何抉擇；丈夫到遠地出差，婆婆故意找碴，想陷害她……，好多的煩惱，常常讓人聽了想哭。

忽然，我聽到大姑姑的哭聲。

「嗚……我知道是她，是宛玲，我最近一直夢到她來找我，她一直哭，一直哭，嗚……」大姑姑終於向我媽透露心事，只是我還沒聽懂，因爲她說的是個完全陌生的名字。

我媽問：「你確定是她嗎？是小嬰兒的模樣嗎？」

「是，她穿著一件白色的衣服。當初添貴跟師公（道士）去埋她的時候，就是這樣穿的。」大姑姑稍稍鎮定，又說。「她才出生四天，多桑也剛給她取好名字，誰知道半夜突然沒聲沒息，一看竟然全身都發黑，把我嚇昏了。」

「我知道，那時候我剛嫁過來不久，多桑跟卡桑都哭了。」我媽想想，問說：「你有跟添貴說嗎？」

「有，他叫我不要想太多，後來他又說要去問神明。但我猜宛玲是想要有人可以拜她，給她供奉香火，算一算，如果她還活著，應該都二十歲了……」

「你們在說誰？」我實在是忍不住了。「聽起來有點可怕。」

我媽滿頭白泡泡，轉過來說：「在講你的大表姊，黃宛玲。」

「誰？是黃婉婷嗎？」這是我表姊的名字，俊豪哥和俊宇哥的妹妹，大姑姑唯一的女兒。

「不是，是婉婷的姊姊，你大姑姑的第一胎，宛玲。」我媽鄭重的說。

大姑姑又哭了，手上沾滿泡泡的她，只得用胳膊擦眼淚。

「喔？我怎麼都沒聽過呢！」我急忙跑到我媽旁邊的座位坐下。

大姑姑吸吸鼻涕，又說：「我問過玉芬，她說嬰兒猝死症還蠻常見的。也不知道是她趴著睡？拍背打嗝沒完全？還是奶粉不合她體質？都怪我那時沒把她照顧好，嗚……害我後來生了俊豪以後，煩惱、焦慮、擔心，一直很怕又失去孩子……嗚……」

我媽安慰說：「唉！進美，孩子跟我們無緣，你要想開一點。」我媽安慰她。「也有師父說，那是來討債的冤親債主，故意來讓你傷心的，就因爲上輩子你欠了她的感情債。所以你要想，扯平了，兩不相欠了，這樣才會比較寬心呀！」

「呵！」大姑姑苦笑。

想不到我有一個消失的大表姊，我問：「那不是跟四叔，我的『契爸』很像？她來託夢，是不是也想要有個乾兒子呢？」

大姑姑說：

「不，女生不會要乾兒子，女生通常是要冥婚。」

「冥婚？」我從餘光中看見鏡子裡的自己目瞪口呆的模樣。「你……你是說，鬼新娘？」

「是的。」他們異口同聲的點下巴。

大姑姑又說：「現在就等你大姑丈去找師公問神明，看看那邊怎麼回覆了……」

三天之後，大姑丈傳來師公的消息，那位我們「看不見」的大表姊，確實是希望有人可以長久供奉她香火，不想到處飄蕩，淪落爲孤魂野鬼。而最直接的方法，就是找到一個有緣的男生跟她冥婚。我覺得非常不可思議。

大姑姑帶了一個紅包袋回來，裡面裝的是宛玲姊的生辰八字。阿嬷召集男生們集合，要大家輪流拿這紅包袋去放在路邊，然後躲在一旁讓路人去撿。如果有女生撿到，就請她放回去，如果是男生撿到了，就跳出來喊他一聲「姊夫」或「妹婿」。

暑假期間，只要是學生都有空，有孝哥碩士畢業了，也在家等著服兵役。因此我和有孝哥一組，我哥和有信哥一組，俊豪跟俊宇一組，三組輪流到公園、市場和社區活動中心附近去放紅包。

不知是不是消息走漏了，還是鄉下人都知道不能亂撿紅包，我們一連放了四天，完全沒有人撿起來，連流浪狗經過也不曾過去嗅一嗅。

大姑姑憂心的說：「唉！師公說如果冥婚不成，只好送去『姑娘廟』寄住了。」

「那又是什麼地方？」我第一次聽見這個廟名。

阿嬤無奈的說：「那是祭拜這一類無主女孤魂的陰廟，大家都可以去祭拜她們，可是香火要跟別人共同分享，當然沒有冥婚好。」

大姆說：「也許宛玲的姻緣不在鎮上，在比較遠的地方啊！」

大姑姑覺得有道理，於是大姑丈拉下機車行的鐵門，每天把一組人載到隔壁鄉鎮去做同樣的事，傍晚再來載人回去。

兩天過去，毫無音訊。第三天輪到我和有孝哥，天氣很熱，即使我們躲在樹下蔭涼處，還是汗流淡背，很不舒服。而且人生地不熟的，守候整天，無所事事，非常無聊。

接近傍晚時，我們都快放棄了，忽然出現一個騎腳踏車的年輕人。當他接近時，一隻錢鼠從水溝裡鑽出來，牆上的黑貓看見，衝下來抓牠。年輕人看見一團黑影竄過眼前，嚇得緊急煞車，跌坐在路邊。

「可惡！」他隨手抓起地上的石頭要去砸貓，沒想到抓到的不是石頭，而是那個紅包袋。

我和有孝哥見機不可失，急忙跳出去。

「姊夫！姊夫……」

想逃。

「妹婿！妹婿……」

「啊！慘了。」年輕人知道是怎麼回事，瞬間丟掉紅包，扶正腳踏車，想逃。

有孝哥抓住他的手臂，我拉住他的腳踏車，硬是不肯放行。恰好這時大姑丈開車過來，見狀立刻停車衝過來，激動的喊著：「我的好女婿……」

那個人驚慌的說：「不行啦！我是有老婆有孩子的人，不行啦……」

大姑丈誠摯的好言相勸：「眞不好意思，嚇到你了，但這是冥冥之中命運的安排，是我大女兒選擇的，不是我們人作主的，所以請你答應……」

他低頭想了一下子，然後說：「這麼重大的事也不是我一個人能作主的，好歹讓我回去跟家人商量，好嗎？」

「可是你一走，這……」

我知道大姑丈的意思，他怕年輕人跑掉，再也找不到人。年輕人爲了取信我們，便說：「這樣好了，我家就在前面轉角，你們跟我回去吧！我要先問我老婆的看法，還要問問我多桑和卡桑的意見。」聽起來，這是個講理的人。

我們跟著他來到他家，他家人一時間感到莫名其妙。經過大姑丈一番解釋，他們聽懂了卻難以接受，尤其他老婆正抱著襁褓中的嬰兒，聽到有個女鬼要來跟她搶老公，非常排斥。

他的多桑拉下臉說：「你們去找別人。」並作勢要趕我們走。

我哀憐的說：「不行啦！這樣下去，我表姊就要被送進姑娘廟了，拜託你們……」

他的卡桑這時才緩緩開口：「要送進姑娘廟啊？」

「是啊！」我們一起回答。

「我們家阿珠後來也是送進姑娘廟的呀！」他的卡桑微微低頭，眨了眨眼睛，面色幽幽的對他的多桑說：「你讓他們留下電話號碼，我們商量商量再給他們回答，你看怎麼樣？」

他的多桑態度軟化了，依了意見，叫我們留電話。又說：「我們不是不信這種事，只是太突然，沒有一點心理準備，一下子很難接受。我也知道娶鬼新娘會庇蔭全家興旺，這種例子聽過很多了，就像……那時候我們阿珠七歲病死了……」

大姑丈又激動又感謝，說不出其他話，只是頻頻說：「感謝，感謝……」

回程的路上，我問大姑丈：「他們又還沒同意，你爲什麼一直感謝他們？」

「呵！」大姑丈感慨的一笑：「天下父母心，都是一樣的呀！」

那天晚上，大姑姑就打電話來告知好消息，對方不久就來電了，年輕人的父母很快說服了他的老婆，還約大姑姑和大姑丈兩天後到他們家去談「親事」。

大姑姑最後叫我去聽電話，她的聲音聽起來好歡快：「有禮，大姑姑要謝謝你和有孝這兩位媒人，到時候媒人紅包一定不會少給你們兩個的。」

「哇！」想不到幫大姑姑解除了苦惱，居然還當了十二歲的「媒人」，我驚喜得跳起來。

雖然我不確定這一切是不是「宛玲姊」的安排，不過聽到大姑姑欣慰又喜悅的口氣，我覺得那幾天辛苦的等待是值得的。

# 生命禮俗小百科

## 冥婚

傳統上認為男生死後，靈魂進入家族宗祠或祖先牌位，供子孫祭拜，女生出嫁之後，會冠上夫姓，成為夫家的人，死後是進入夫家的宗祠及牌位。因而未出嫁的女生如果過世，沒有夫家，也無法入嗣娘家，魂魄無處歸依，必須藉由冥婚，讓活人娶她的神主牌，才不會成為孤魂野鬼。

也有些人是將女生入嗣「姑娘廟」，讓大家參拜，而跟其他女魂分享香火。這是古代父系社會中，對夭折或未嫁女性體貼關懷的權宜之計，隨著現在性別平等觀念普及，此種作法漸不切合時宜，而失去流行。

## 換你來解謎

1、為什麼大姑姑這麼好，常常熬煮藥汁給姊姊們喝？

2、那些藥汁的功效是什麼？為什麼她們在喝藥汁時，鄭有禮會被她們排斥呢？

3、為什麼大姑姑這麼擔心夭折的大女兒會過得不好？

4、如果你是鄭有禮，你會怎麼安慰大姑姑？

5、你覺得未出嫁的女生，死後應該要葬在哪裡呢？

6、你認為冥婚是一個怎麼樣的禮俗呢？現代社會是否應該要保留這種禮俗呢？

15

# 天作之合的喜宴要拼桌

在醫院當護士的五嬸跟我說：「你大姑姑，這種在孩子夭折之後產生的難過反應，醫學上叫做『創傷後壓力症候群』。夢到孩子來託夢，也是其中症候之一，倒不一定是眞有鬼怪。不過，既然有人要迎娶她的孩子，我想這也是個不錯的結果，有了彌補的動作，應該會有療癒的效果。」

大表姊宛玲的冥婚不在乎七月的禁忌，所以一過了中元普渡就著手進行。有孝哥在這之前已經入伍去受訓了，只有我充當名義上的媒人，事實上大姑姑請師公幫忙，找了一個專職的媒人來幫忙婚禮的進行。

冥婚又叫做「娶神主牌」，我是那時候才知道的，因爲那是把女方的神主牌放在謝籃裡，從娘家迎娶進婆家。

這婚禮很特別，在半夜舉行，還用一個紙娃娃當作是大表姊的替身。那個年輕人成了我的大表姊夫，他的太太必須稱我大表姊爲「大姊」，她反而成了小的。而且神主牌進門時，她還得站在凳子上拿著香迎接。新婚前三天，他的原配太太得讓出房間，讓我大表姊夫跟床上的一套新娘禮服睡覺，之後才可以恢復正常的夫妻生活。

從此以後，她得每天給大表姊上香，就跟拜祖先一模一樣。

一路上我都看見大姑姑欣慰的微笑，有時還會傷感的擦擦眼淚，我想這就是五嬸所說的「療癒效果」吧！

一個禮拜後，大學聯考放榜，俊豪哥果眞如願考上第一志願，順利進入頂尖國立大學。有信哥也不賴，也考上了國立大學，雖然不是第一志願，但也超出他的預期了。阿公在糕餅店、工廠和三合院都貼出紅榜，放鞭炮，親友都上門來恭賀。

農曆也進入了七月底，糕餅工廠又開始因八月之後的結婚潮忙碌起來，而第一筆生意，肥水不落外人田，做的就是大堂哥有忠的結婚喜餅。

由於碧華姊住在隔壁村而已，雙方早早談妥，將結婚喜宴和歸寧喜宴合在一起辦，省得勞師動眾。那麼要辦的桌數就是兩倍的量了，估算之後，需要辦八十桌才夠。阿公提議請兩位總鋪師來個「拚桌」比賽，贏的那一方除了賺到辦桌錢之外，還可以得到一個大紅包，以激發大廚們展現所有的好功夫，做出最澎湃的菜色。

我們家選了相熟的阿銘師，碧華姊的卡桑則指名他們的遠親阿火師。

聽聞這件事的時候，我的腦中出現了布袋戲，兩個武林高手史豔文和藏鏡人，各自展出高深武功開打起來。「鏗鏗——鏘鏘——」一時刀光劍影，飛沙走石，雙方打得難分難解，不分勝負。到底鹿死誰手？眞讓人屏息以待。

其實我知道，那個大紅包裡面裝的是個十兩大金牌。那是阿公提供的，因爲有忠哥是阿公的長孫，長孫娶媳婦非比尋常，當然要大方致意，只爲給客人吃到最豐盛的料理，讓主客雙方都有面子，眞可謂用心良苦。

爲了公平起見，阿公和親家公商量，請了三位「祕密食客」入席評分。

好日子選在農曆八月二日。

那是個秋高氣爽的好天氣，一大清早兩位總鋪師就帶領大隊人馬駕臨，事先講好了，阿火師在稻埕上辦桌，阿銘師則是圍起馬路大排桌椅。

還好三合院前面不是主要幹道，平常車輛不多，這時又請義警來指揮交通，因此沒有造成交通阻礙。

吉時到來，十二輛賓士轎車載著有忠哥浩浩蕩蕩前往新娘家，不到一個小時，載著新娘「凱旋而歸」。新娘子下車時，打扮成小紳士

的有和端了橘子給她摸，賺走一個紅包。接著媒婆拿竹篩頂太陽，新郎新娘在花童陪伴、眾人簇擁下跨火爐，踩破瓦片。媒婆一邊高呼四句聯：「新娘過火毋通驚，腳步慢慢到大廳。入門踏瓦全家攏勇健，入門踏火才會有傢伙。」

接著進入廳堂，拜我鄭家祖先。媒婆又歡喜的說：「一拜天地成夫妻，二人結髮子孫濟。男女姻緣天來配，感情永遠無問題。二拜高堂敬祖先，男女做陣是天緣。夫妻和合永不變，妻賢夫貴萬萬年。」

祭拜完畢，新娘入房休息，隨即在

客廳擺下二十人份的大主桌。

中午還沒到，陸陸續續有賓客進門，小姑姑和七叔負責收禮金，忙得不可開交。男女雙方的親友同學按編制入席，一邊嗑瓜子，一邊閒聊，稻埕裡、馬路上到處鬧烘烘。

我興致高昂的四處亂逛，我爸事先說要留一桌給我哥請朋友，我哥卻說不用了。倒是當兵的有仁哥放假，帶了幾個同梯的和他的小學同學們圍了一桌。

有客人說：「本來就是，古有明訓，『男追女隔層山，女追男隔層紗』。女生倒追男生，容易輕鬆。」

客人似乎對於新郎新娘之前交往的情況多所了解。

又聽見有人說：「恰好這碧華伶牙俐齒，很會講話，很有禮貌，很會跟人應對。聽有忠的二伯說，她每次來工廠都會先跟每個人打招呼問好，阿伯、阿叔、大哥的寒暄一番，很得人疼呢！」

「雖然是這樣，但碧華辦正事的時候有條不紊，也不會跑去跟有忠眉來眼去，下班後，才讓有忠騎機車去她家載她。」又有人這樣說。

「哇！這樣很理想啊！」另一個人說。「一個內向，一個外向；一個不會講話，一個很會講話；一個不會交陪，一個很會應對，哈哈！互補得剛剛好。」

「眞的，眞的互補得剛剛好。」

「這叫做『天作之合』。」

「天造地設的一對啦！」

「哈！哈！哈！」大家聊得眞開心。

每個人都把最漂亮的衣服穿來了，男的西裝，女的禮服，尤其女士們紅唇高髮，珠光寶氣，放眼望去，滿場貴氣十足。

終於過了正中午，長長的連珠炮響起，開席了。

客廳大門關上，只讓雙方的「水腳師仔」送菜進去。聽說「祕密食客」三位神祕評審就坐在主桌，主桌的人可以一次品嘗到兩方人馬的菜色，一吃便高下立判。

爲了觀察兩邊人馬的菜色，我故意遠離主桌，跑去稻埕內離馬路最近的，有仁哥的那一桌去坐。

第一道冷盤，兩邊都是海鮮小吃和乾果，分不出差別。第二道羹湯就明顯不同了，阿銘師的魚翅羹看起來還是那麼香濃好吃，但阿火師在魚翅羹的中央擺上一個滷得軟爛的大蹄膀，引得我們這邊的客人驚喜的叫著。

接下來是米糕，埕內是紅蟳米糕，埕外是鰻魚米糕，一邊是香菇飽滿，一邊有好多魷魚，看來不分軒輊。等到大蝦來上桌時，氣氛高下有別，外頭的是酥炸大明蝦，我們的桌上擺的是單獨一隻個頭雄偉的龍蝦沙拉。

我大姊坐在馬路那邊，我不時跑過去跟她討幾口菜吃。只不過兩邊的菜都很可口，我實在不知道誰比較厲害。

鮮魚上場時，埕內是紅燒酸甜五柳枝白鯧，埕外是清蒸蔥絲石斑魚。唉！酸甜的讓人流口水，清蒸的吃起來好清爽，也不知誰好誰壞。到這裡，我已經飽了，剩下的就只剩看的份了。

這時看見新郎新娘從客廳出來沿桌敬酒，遠處不時有一桌人起立回禮，吆喝喧鬧著。

接著埕內上來一道魷魚蠑螺瘦肉蒜苗湯，埕外上的是四神排骨粉腸湯。一會兒之後，撤下兩個吃剩的空盤子，桌上出現的是栗子、花菇、豬腳、紅棗、排骨的十味佛跳牆，外面的是十全大補雞湯。到了貢丸湯現身時，兩邊看起來都是滿滿的雪白團球浮在高湯上，但聽說一邊的丸子脆而甜，一邊的丸子綿而香。

天哪！這到底該怎麼比啊？想必「祕密食客」們也很傷腦筋吧！

終於到了最後一道甜湯，因爲是我的最愛，我忍著飽食的不舒服，硬是兩邊都吃。埕內的是冰鎮櫻桃、鳳梨、蓮子、銀耳湯，埕外的是蜜餞、楊桃、蜂蜜雪泥，都非常香甜好吃。

這時我覺得比賽眞的是很有用處的，因爲每一道菜都是精心設計，用心烹煮，讓客人們都頻頻點頭讚許。

在送客人之前，阿銘師和阿火師被請到客廳前面的屋簷下，大門打開，走出三個神祕人物。阿公用麥克風鄭重介紹：「今天的三位『祕密食客』，分別是吃遍大江南北的前縣長譚縣長、經驗老到的退休總鋪師阿乩師，還有在縣農會家政課擔任總課長的陳課長擔任評審。現在請他們做出評判……」

三個人同時把寫好的紙條打開，沒有例外，全部都是「阿火師」。

阿乩師當總評審，拿過麥克風開始講評：「今天雙方的菜色都非常好，每一道菜都在水準之上，不過阿火師在有限的預算內，不惜成本選用最好的食材，口味也比較厚重，讓人吃了回味再三。另外阿火師多了一些創意，像是蹄膀魚翅羹就讓人驚喜，魚翅的軟滑脆配上蹄膀綿綿的膠質，形成多層次的口感，給人印象深刻，因此我們三個評審都一致認爲阿火師贏。」

阿銘師很有風度，上前握住阿火師的手說：「佩服，佩服，恭喜，恭喜。」

阿公立刻送出金牌大紅包，大家鼓掌歡呼，製造出最後的高潮。

接著新郎新娘捧著裝有糖果、香菸、檳榔的謝籃，站到馬路的邊緣送客。年輕人圍在他們的身邊說說鬧鬧：「祝你們早生貴子」、「永浴愛河」、「白頭偕老」、「生生世世」，還有人撂英文：「May you have many children.」

年紀大的都進客廳找阿祖道賀：「恭喜五世其昌」、「祝福五代同堂」、「恭賀百子千孫」、「祝您瓜瓞綿綿」……，阿祖樂呵呵，比自己作壽還開心百倍。

席間還留有不少人，那又是大伯、二伯、我爸、五叔、六叔、七叔，我「鄭家將」各據山頭，跟麻吉的熟客們「划酒拳」大戰。

「六連——七巧——九魁——」

「五——十五——沒有——」

酒精伴著啤酒花的氣味，隨著吶喊廝殺聲，再次猛烈噴灑，瀰漫了稻埕……

另外一群人也引人側目，他們圍繞著小姑姑說笑，原來他們都是碧華姊的同班同學們，今天也成了他們班的同學會了。

小姑姑冷不防離開人群，跑到有淑姊前面，興奮的不知在說什麼。

我急忙湊過去偷聽。她是說：「……沒辦法，應大家的要求，我得跟他們去大西洋冰城『續攤』，可是我有幾封信要寄，還沒貼郵票，你幫我去郵局寄，好不好？」

「可以啊！什麼信？」有淑姊問。

她自顧自的說：「一定今天就要寄出去喔！不然等回信又得多等一天。」

她拉著有淑姊的手，走進自己的房間，不久又走出來。我看見有淑姊的手上有好多信封。

「我跟你去寄信。」我對有淑姊說。

「你幹嘛啦？」有淑姊嫌我煩。「這是我們女生的事耶！」

「沒關係，給有禮跟。」小姑姑轉頭對我說：「告訴你沒關係，這些都是給筆友的信。」

「哇！《愛情青紅燈》嗎？」我好驚訝。

「你也知道喔？」小姑姑也驚訝。

我看一眼信封，又說：「怎麼這麼多？好想數數看。」

「不用數了。」小姑姑得意的說。「十二星座，我每一個都選了一個帥哥。」

「厲害！」

看來，大堂哥的婚禮刺激不小，人家總鋪師在「拚桌」，小姑姑這下也跟著「拚」了！

## 生命禮俗小百科

### 婚禮

傳統婚禮中，男方迎親隊伍到女方家迎娶，新娘接到新郎給的捧花後，要向祖先辭別上香。接著新娘上轎車，丟掉象徵壞脾氣的扇子，抵達新郎家後，摸柑下車，進門前要先破瓦過火，然後跟新郎長輩一起祭拜祖先，然後吃湯圓，等婚宴開始，到主桌吃喜酒。席間，新郎新娘在長輩與媒婆陪同下，一一向賓客敬酒，喜宴結束前，到筵席外送客。

丟扇象徵丟掉壞脾氣。破瓦象徵新娘清白貞節。過火有除穢的用意。都是古代父系社會對女性的凌駕與要求，隨著性別平等觀念普及，這些習俗是否還要繼續沿用，或發展出新的儀式禮俗，值得人們省思。

## 換你來解謎

1、你有沒有參加過婚禮或是吃過喜酒呢？婚禮中有哪些儀式呢？你知道那些儀式的意義嗎？

2、現代社會著重性別平等，你覺得婚禮的儀式可以做怎麼樣的調整？

3、拚桌的目的是激勵總鋪師辦出最好的料理，是一種正向的競爭。你能不能舉出其他正向競爭的例子？

4、想要別人有好的表現，你覺得用獎勵的方式比較好，還是懲罰的方式比較好？為什麼？請舉例說明。

16

# 阿祖去做仙了

大堂哥婚禮結束時，大伯和我爸他們兄弟還在搖頭晃腦，跟客人划酒拳。

六叔是划拳高手，出拳快，心思細，三兩下就摸清對方的手路，很快的，客人連輸五拳之後，喝完五杯啤酒就戰敗投降。

主人和客人都玩得很開心，不過我覺得有個人怪怪的，那就是七叔。

我記得上回阿祖作生日的時候，七叔跟來客划拳蠻有禮貌的，斯斯文文，客客氣氣，贏了對方還會有點不好意思。但這天，他的臉漲得通紅，手腳動作非常大，拳拳帶著殺氣，嘶吼著：「二喜啦——三星啦——八仙啦——」

他的拳技沒有六叔好，顯然他輸了很多次，被灌了好多酒。看他的眼睛充滿了血絲，不時喘著大氣，收起下巴，眼光飄移，簡直快不行了。六叔收拾完自己的客人，跑過來救援，卻被七叔推開說：「不用……今天……讓我醉死……很好……很好……」

翠鳳阿姨怎沒來勸他少喝酒呢？她走了嗎？咦？對了！我今天跑了滿場，似乎沒見到他的女朋友翠鳳阿姨呢！

「進泰，你去休息了，來……」六叔從他背後一把抱住他，想助他脫離戰場。

「不要……我沒醉……我還要划拳……」他掙扎著，還拚命拿起啤酒往嘴裡灌。

「你醉了！」我爸搶走啤酒，叫一旁五叔：「進福，來幫忙。」

三人架著七叔，把他往房間拖，七叔雙腳在地上又踢又踹，哭喊著：「我還要喝……我沒有醉……讓我醉死也好……醉死最好……」

他說話顛顛倒倒的，我嚇到了，我沒看過七叔這麼瘋狂的模樣。

把七叔送進房間睡覺後，我偷偷問六叔：「七叔怎麼怪怪的？」

「唉……」他嘆口氣說。「他失戀了。」

「啊！我有沒有聽錯啊？」

「上次阿祖作生日的時候，你七叔跟翠鳳阿姨的感情就有點問題了。」六叔感慨的說。「前幾天，翠鳳正式跟他提分手，去跟另一個人訂婚，你七叔非常傷心。」

「這麼說，翠鳳阿姨今天沒來嗎？」我難過的問。

「當然沒來。」

原來阿祖作生日的時候，七叔不是裝醉，是心情不好而喝多了。那時他瞞著大家沒講，阿公催他結婚時，他還用「換工作」來推託。

「他曾經跑去我的海產店喝悶酒，我陪他喝了一整晚，他才跟我透露這些事。」六叔壓低聲音對我說。「我們兩個小時候同睡一個房間，兄弟間他只有跟我比較親近，願意跟我講心事。你現在知道了，不要跟別人講。這幾天都不要去吵七叔，也不要跟他提女朋友的事，不要去刺激他。」

「好。」我謹慎的回答。

六叔語重心長的說：「你要幫七叔顧著男人的尊嚴，畢竟被女生拋棄，聽起來就很丟臉啊！」

「好，一定。」我認眞的答應。

我發誓我什麼都沒講，但小姑姑跟她的學生「續攤」之後，晚上在客廳遇見我，竟對我說：「你七叔失戀了。」

「你怎麼知道？」我好吃驚，小姑姑居然神通廣大。

「那還用講嗎？用膝蓋想也知道。翠鳳今天沒來，進泰又喝醉了，睡到現在還不省人事，他以前不曾讓自己喝醉的。」小姑姑又說：「等他醒來，我找有愛好好的去勸他，小時候有愛去上幼稚園時，都是七哥牽她去的，兩個人很有話講……」

「不行！」我連忙阻止。「六叔說要顧著七叔的尊嚴，不要去跟他提失戀的事。」

「唉呀！男人都一樣愛面子。我小他三歲，有愛又是讀心理學的，我們是女生，翠鳳也是女生，我們可以分析給他參考，他完全可以卸下心理防備，對我們掏心掏肺。」

「這樣好嗎？」我好擔心。

「心事只要講出來，通常就好一半了，悶著才是最痛苦的。而且，你六叔只會陪他喝酒，你沒聽人說『借酒澆愁，愁更愁』，那是最笨的方法。我會勸他，感情不能勉強，如果一方不能接受，應該早點分開，給彼此重新出發，去找更好對象的機會，那才是正確的。」

「聽起來你很有一套。」但我還是不放心。

「哈！再怎麼說我也是個老師。」小姑姑信心滿滿的說。「現在最要緊的是要幫他恢復自信，失戀的人受到嚴重打擊，心情低落，多半是『自信』因爲被人『拋棄』而遭摧毀了。其實啊！憑你七叔英俊瀟灑，學養豐富，口才一流，根本不怕找不到女朋友。」

確實，我也覺得七叔的條件很好。

小姑姑又說：「轉移目標也是治療情傷的好方法，我同學有幾個未婚同事中也有漂亮的小姐，我來幫他介紹新的女朋友。一旦有了新的感情滋潤，他將來回想起來，就會覺得現在的行爲很傻呢！呵呵！」

小姑姑說得頭頭是道，儼然是個愛情專家，跟《愛情青紅燈》的那個靜梅姐和收音機節目的小林大哥眞像。

小姑姑兩天後就約七叔去大西洋冰城，介紹她的同事跟七叔「對看」。

那天七叔回家時臉上雖然沒有「幸福的微笑」，但至少不再愁眉苦臉。更棒的是那個禮拜四下班，女方還打電話來約七叔去吃飯，而七叔爽快答應了。

我懸著的一顆心，終於可以放下了。

有信哥和俊豪哥都到「成功嶺」接受大專兵軍事訓練，家裡感覺少了人，不過因爲多了碧華大堂嫂，又覺得添了一個人。

幾天後我開學了，進入國中的新環境。雖然國中老師比較兇，要求嚴格，不過同學大部分都是國小認識的人，所以也沒什麼適應不良的問題，比較怪的是小姑姑變成我的國文老師，上她的課時，我有些尷尬。

當大家還沉浸在大堂哥結婚的喜悅中，和期待五代同堂的時候，家裡卻發生了不幸的大事。

一個禮拜天的早上，阿祖突然昏倒在地上，無論大家怎麼叫喚她，她依然昏迷不醒。阿公急忙叫計程車把阿祖送到五嬸上班的大醫院，家人也都趕過去關心。

檢查結果是腦中風，非常嚴重，很可能有生命的危險。

一時間愁雲慘霧籠罩全家，大家都眉頭深鎖，不知如何是好。

在醫院住了兩天，五嬸發現阿祖雖然無法張開眼睛和說話，但似乎聽得見，問她問題的時候，手指頭會微微顫動。

阿公紅著眼眶哀求醫生：「無論如何，請全力救活我卡桑……」

醫生回答：「我們已經盡力救治了，但是必須跟你們講清楚，這腦中風醫好的機率非常非常低，而且如果病人沒有死亡，最後也都變成了植物人。何況老夫人都已經九十歲了，通常只會繼續惡化，你們要有心理準備。」

阿公懷抱一絲希望看向五嬸，五嬸也搖頭，阿公簡直要哭了。

家人討論了許久，認為沒有住院的必要，便將阿祖載回家裡，躺在她的八腳紅眠床上，由阿嬤、大姆、二姆和我媽輪流灌食、擦洗、餵藥。

兩天後，阿祖昏迷依舊。晚上阿公回來時，想了想說：「既然卡桑聽得到我們說話，那麼我來想個方法讓她醒過來。」

阿公握著阿祖的手，故意在她耳邊大聲說：「卡桑！卡桑！你的孫媳婦碧華生了囝仔，卡桑，你作阿祖太了，你作阿祖太了，快點，你快點起來看！」

想不到奇蹟發生，阿祖的手動了一下，然後胸口脹起來，用力的握住阿公的手，似乎是想爬起床的樣子。

阿公見有反應了，興奮莫名繼續加碼：「卡桑！你作阿祖太了，趕快起來看你的玄孫，我們家五代同堂了，你趕快起來看，不要再睡了！」

沒想到阿祖的手一鬆，一口氣從她鼻子呼出來，就沒有再吸氣了。

阿公臉色大變，驚呼：「卡桑！卡桑……」

阿祖眞的沒有再呼吸，皮膚失去血色，開始變得灰暗冰冷。

「卡桑……嗚……卡桑……」阿公跪下來痛哭失聲。

五嬸急忙過來檢查呼吸心跳，然後靜靜的說：「阿嬤走了。」

大家都跪下來哭泣，阿公好自責，一直說：「嗚……都是我害的……都是我害的呀……嗚……」

五嬸連忙安慰他說：「多桑，你不要傷心，她這樣離開，沒有變成植物人，也認爲自己當了阿祖太，歡歡喜喜的去做神仙了，這是最好的結局啊！」

阿公聽了點點頭，卻又哭了一陣子。

這一天是八月十一日，距離中秋節只剩四天，糕餅工廠內已經做了好

駕鶴西歸
接引西方

多月餅，準備銷售。

阿公鎮定下來後，叫大家把客廳的桌椅搬走，又把好多紅紙拼黏成一大張，將神像和牌位都蓋起來。

他把我爸叫到面前說：「我們是喪家帶晦氣，那些做好的月餅不能賣了，收到的喜餅訂單也打電話過去退訂，順便轉給別家糕餅店，請他們幫忙，已經做好還沒出貨的也全部丟掉……」

大舅公聞訊而來，聽見阿公這樣講，急忙說：「阿水啊！你忘了，你的卡桑是九十歲過身，這不是一般的喪事，是『喜喪』，要當作喜事來辦的呀！」

「啊！對喔！」阿公這才清醒過來。「八十歲以上過身是『喜喪』啊！」

「就因爲這家人做了很多善事，積了很多福德，才能有『喜喪』的呀！」大舅公又說。

「是啊！不過喜喪還是喪，做好的月餅還是不要賣，才不會對不起客人。」阿公把大家叫過來，又說：「還好，你們舅公提醒，這是喜喪，大家要當作在辦喜事。進金，進銀，你們兩個去通知各地親戚。進財，你去找阿春仔的葬儀社，訃聞記得要粉紅色的，靈堂也要一樣，還有喜喪燈……」

阿公一一發落，大伯、二伯和我爸便依令行事。

不久門口貼了「慈制」兩字，但粉紅色的靈堂上有個大大的「壽」字。

阿公雖然叫大家不要哭，但自己卻不時偷偷擦眼淚。

很快的，葬儀社的人趕來，一個婆仔坐在門口亭，問了家中人數之後，開始拿針線縫製孝服。

大姆打電話到部隊，給有仁哥請喪假。二姆說：「當兵的、讀書的子孫，都要趕快叫回來。」算了一算，大姆翻閱電話簿，打了好多電話，包括打給我們導師，幫我請喪假。

沒兩天，全家人都回來了，聽到是「喜喪」，又是不捨又是欣慰。

接下來的幾天是一連串的儀式，接「壽」（棺木）、放手尾錢、設靈位、守靈、入殮、家祭、公祭、封釘、出殯……。

在新墳旁邊，師公做了好多儀式，我看見他從木斗裡抓出東西往墳上撒，一邊喊著：「一送東方甲乙木，代代兒孫受福祿。」

「有喔！」大人們跟著回應他。

我不知道發生什麼事，沒開口，大姆靠過來對我說：「在撒五穀丁錢，跟著大家一起喊『有喔！』，快。」

我往木斗裡面看去，看見稻米、玉米、豌豆、黃豆、鐵釘、銅錢……。我好奇的望著大姆，大姆說：「添丁發財用的，快說『有喔！』」

「……五穀送天天清，送地地靈，送人人長生。五穀送得完，代代兒孫中狀元，五穀收入斗，代代兒孫萬萬口。進喔！進喔！」師公喊著。

「有喔！有喔！」我認眞的跟著大家一起高聲喊叫。

全家人一起行動，眾口同聲，我忽然有個感覺：我們家好團結，我們會一起度過這難過的一關。

一直到出殯結束，大家還會互相提醒：這是喜喪，要當作喜事來辦，不要哭，不要哭……

可是越要這樣忍著我越想哭，尤其看到阿公那樣傷痛，我覺得我的心裡好像破了一個洞，裡面有冷風在吹，不停的吹著……

# 生命禮俗小百科

**喪禮**

喪禮的主要階段分為：臨終、發喪、治喪、殯禮、葬禮、居喪、除喪、撿骨。

**臨終**：死者未死之前，彌留之際，要將大廳的家具清空，用紅紙或紅布遮住神明，將死者移到廳中，奉拜腳尾飯，其意是讓死者免於飢餓，有力氣前往陰間報到。

**發喪**：請人看日子，確定入殮的時辰後，便可發訃聞，寄發通知親友。家人穿上孝服。

**治喪**：接「壽」（棺材），為亡者穿壽衣。

**殯禮**：

放手尾錢：在亡者入殮前，先將錢幣放在壽衣袖口，再把錢分給子孫，稱為「放手尾錢」，子孫保存好，可受庇佑發財。

入殮：將遺體放入棺木內。

設靈位：靈桌上擺放往者生前照片、牌位、香爐等。

守靈：未婚子孫在夜間睡在靈位旁，以防貓狗侵擾遺體。

**葬禮**：家祭、公祭、封釘（在棺木上釘釘子）、出殯、安葬。

**居喪**：

作七：死者過世後七天為一單位，家人分別來祭拜亡靈與閻王、判官，經歷七個七日，共四十九日，稱為滿七。祭品有兒子與長孫敬奉的「筆架」，和女兒敬奉的「文頭山」，都是糕餅類祭品。

作旬：作七之後，每十天為一旬，祭拜亡靈與閻王、判官，希望藉由法師的祝禱，減輕亡靈的刑罰。一直到五旬滿，即為百日。

作功德：道教信仰，請烏頭師公來作法誦經超渡亡魂，又稱作師公。

**除喪**：作百日時，將靈桌上的牌位燒化，去除靈位，將亡者姓名列入祖先牌位中，又稱為「合爐」。

**撿骨**：古時認為遺體的屍葬是凶，骨葬才是吉，因此下葬十年左右，讓肉身腐爛後，請撿骨師開棺撿骨，放入「金斗甕」中，再次下葬。

現代喪禮多已簡化，除了土葬之外，還發展出火葬、水葬、樹葬……等，不同的方式，供人選擇。

## 換你來解謎

1、喪禮的儀式衆多，你覺得這些儀式的意義是什麼呢？

2、你有參加過喪禮嗎？喪禮上進行了哪些儀式？

3、當有一天，你的親人不幸過世，你該如何度過悲傷呢？又該如何安慰其他家人呢？

17

# 大堂妹呱呱墜地

阿祖「出山」（出殯）之後，有信哥和俊豪哥都回成功嶺去受訓，有仁哥和有孝哥也回部隊去服兵役，其他在外地讀書的人也回學校去了。家人來來去去，但彼此都有聯繫，沒給我什麼特別的失落感，唯獨每天都會出現在門口的阿祖不在了，讓我覺得家裡切切實實的少了一個人。

小時候我們小孩子在稻埕上玩遊戲，阿祖總是會回頭看顧我們，如果有人受傷了，有人哭了，阿祖就會高聲喊人來。

「阿錦啊——阿錦啊——」——那是喊我阿嬤。

「春枝啊——春枝啊——」——那是喊我大姆。

「秀如啊——秀如啊——」——那是喊我二姆。

「秋娥啊——秋娥啊——」——那是喊我媽。

到了有和出生，阿祖也八十五歲了，年老體衰，沒力氣大喊。而我和有和差了七歲，玩不在一起，中間因爲四叔早夭沒有兒女，有和沒什麼玩伴，大部分時間都只有玩具陪伴。

不過阿祖一直都在那兒，像一尊黑色的雕像，更像個守護天使，守護著我們家。

如今阿祖去當神仙了，雖然三合院內依舊人來人往，可在我心中的它卻猶如一座失去將軍的空城，感覺是那麼的淒冷。

大舅公這陣子比往常多去店裡，去陪阿公泡茶聊天。

有一次我媽從店裡回來時，透露給我說：「你大舅公人眞好，擔心你阿公想阿祖太傷心，建議他等阿祖百日之後，可以去找『牽亡』的人，去跟阿祖講講話，問問她在那邊過得好不好？」

「『牽亡』是什麼？」我沒聽過。

「就是靈媒啦！有一種人讓自己的靈魂出竅，把身體借給亡魂使用，藉由他的身體來跟在世的人講話。」我媽又說。「大舅公會這樣說，是因爲他曾經跟人去看過，亡魂眞的會來喔！」

「太好了，阿公一定很高興，我也想去。」

「沒有，阿公說阿祖既然已經過世了，我們沒事就不要去打攪她，說她現在跟祖先們在一起，跟男的阿祖，還有那個戰死在南洋的伯公在一起，一定很高興能跟他們團圓，就不要去吵他們了。」

唉！我覺得好可惜。不過我想，阿公何嘗不想跟阿祖講話，他這樣說的時候，心裡也是很矛盾的吧！

禮拜天，我在稻埕上練習運球，忽然聽見聲聲慘叫：「唉喲——啊——痛死我了——啊——」

那聲音太悽慘了，我急忙往聲音的方向跑去，看見挺著大肚子的六嬸雙手撐腰，站不住也坐不了，靠在沙發上哀嚎，五官都扭曲了。

「你怎麼了？」我驚慌的問。

「我好像快生了，快！快去幫我叫人來，啊……」

我連忙跑進灶腳大叫：「六嬸要生了！六嬸要生了！」

我媽一聽，放下手上的工作跑過去，安撫她說：「第一胎通常沒那麼快，你忍一下，我叫進安回來，帶你去醫院。」

我媽去打電話，又叫了一輛計程車來。不久六叔和計程車都到了，就一起出發去五嬸的醫院待產。

果然第一胎沒有那麼簡單，六嬸足足在病床上躺了兩天，才順利把嬰兒生出來。這一胎是個漂亮的女生，也是我的大堂妹。

哇！這下喜事又降臨我家了。

阿公歡喜起來，拿了兩罐貼上紅紙條的奶粉去醫院看孫女，回來後又開始排生辰八字，查《康熙字典》，最後取了「鄭有萱」的名字。

有萱，好耶！這名字眞好聽，我喜歡。

當然，六嬸得開始乖乖坐月子了，沒有經驗的她，當然是在阿嬤的諄諄教誨下，順從的遵守那一張「坐月子守則」。

小姑姑這幾天喜上眉梢。跟鄭有萱出生沒有關係，而是她終於收齊了十二星座男的回信，正根據對方回信的快慢、字跡的美醜、文筆的好壞來推測對方的誠意與水準。正好六嬸坐月子無聊得緊，小姑姑大方的向她展示信件，並請她擔任顧問，一起給十二星座男評分。

不過很奇怪，我只要一進去六嬸的房間，馬上被小姑姑趕出去。她說：「鄭有禮，你讀國中了，不是小孩子了，這是我們女人的祕密，你們男人不要過來。」

這是什麼話？以前什麼都講給我聽，什麼都拿給我看，現在爲什麼就不行？我只是換了一所學校，爲什麼這世界就變了？

小姑姑畢竟是我現在「眞正」的國文老師，我只能臣服於她。

我感受到一種莫名的寂寞。

不過她們兩個還眞好笑，盯著那些信看的時候眼神都癡癡傻傻的，偶爾還會像發現新大陸那般驚喜的彼此分享和笑鬧。如果這是一部瓊瑤的愛情電影，小姑姑是女主角就不用說了，六嬸只算個配角，但她卻很搶戲，好像又回到她的少女時代了呢！真不知這些筆友的信有什麼神奇的魔力？

幾天後，我到大姊有蕙的房間去借英文字典，錄音帶播出好聽的歌曲〈蘭花草〉：「我從山中來，帶著蘭花草，種在校園中，希望花開早，一日看三回，看得花時過，蘭花卻依然，苞也無一個……」

我故意酸酸的說：「真不知道交筆友有什麼了不起，小姑姑收到筆友回信後，就不理我了。」

有蕙姊說：「聽說小姑姑最後挑了三位文筆好的，感覺比較誠懇的，開始深入的筆談。」

「當然，還必須是比較順眼的。」我二姊有蘭一邊翻閱著她的書籤冊，一邊說：「我覺得這樣也不錯，彼此先了解對方一些，等累積了一些共同的話題，將來如果見面才不會無話可說。」

這時才發現她們房間的牆上，多了三張歌星楊林的海報，大捲髮、長裙子、塑膠耳環，看起來眞清純，眞漂亮。

農曆十月了，正是民間謝平安的時節，糕餅店要製作麵豬、麵羊、發粿、紅龜粿、紅圓仔，還要製作壽麵塔、壽桃塔，爸爸、媽媽、阿嬤和阿公都忙得不可開交。

我也開始領教到國中課業繁重的威力了，陌生的英文單字、許多要默寫的文言文課文、奇奇怪怪的化學符號表、偉大的牛頓先生發明的一堆定律……，都不是小學課程那麼簡單，而且三天一小考，一週一大考，讓我有點吃不消。

大家各忙各的，沒有人刻意去提阿祖，只有在作七和後來作旬的時候，會聚在客廳祭拜阿祖。

爲什麼人要活得這麼忙碌呢？

或許忙碌是讓人忘記悲傷，最好的方法吧！

我開始長青春痘了。照著鏡子擠著痘子，我又看見嘴上出現一圈青色的細毛。我長鬍子了，脖子也冒出凸凸的喉節，聲音變得沙啞，身高也增高許多。

我聽說有國三的學姊在合作社談論我們這些新生，其中也談到我，我有點受寵若驚，不過我猜是因爲我得到「縣長獎」的緣故。女生班裡面有幾個長得特別漂亮的，總是在放學時間吸引我多看幾眼；有人跟我說，有女生對我很好奇，在跟他的朋友打聽有關我的資訊。

無論如何，我都會恪守我們導師開學第一天給我們的「教誨」和「警告」：「學生不可以談戀愛，否則絕對會害功課一落千丈。等你們將來考上大學，隨便你交女朋友，沒人會管你……」

我不會讓自己碰觸感情，頂多看看《愛情青紅燈》，然後努力讀書，用力打籃球，期待我也有個美妙的大學生活。

我想這就是小姑姑趕我走的原因吧！在她們眼中，我已經是另一邊的人了。

這樣猜想之後，我反而釋懷了。

第一次月考過後，就聽大家在說小有平滿周歲，要「作度晬」了。

小有平日漸長大後，身體的健康情況逐漸改善，阿嬤當然歸功於他的「契母」七娘媽的保佑。她不只一次叮嚀五嬸，那一串求回來的「紮牌項鍊」，除了洗澡的時候拿下來，其他時候都必須掛在有平的脖子上才行。五嬸被小有平那幾次肺炎嚇壞了，因此對阿嬤的話都言聽計從。

這一天，爸爸做了大紅龜粿，來給小有平度晬用。

家人把供品擺上神明桌之後，一起祭拜神明和祖先，感謝他們保佑小有平順利度過各種病痛的劫難，順利在人世間度過一年。

有和懵懂的問五嬸說：「這是鄭有平的第一次生日嗎？」

「對，你好聰明。」我幫五嬸回答。

五嬸正忙著，她抱著小有平，輕輕將他的兩條腿放在兩個大紅龜粿上面，然後按照阿嬤的教導，說：「雙腳踏膨龜，乎你大漢摯（很會）讀書。」

接著五叔從灶腳拿來一個大米篩，然後在裡面放進銅板、毛筆、算盤、書……等等十二種東西。

五叔興致高昂的說：「來抓周，看看鄭有平長大後會作哪一行。」

有和問說：「我以前也抓過嗎？」

「有啊！」五叔回答他。

「我抓了什麼？」

「你抓到的是算盤，以後會當生意人，賺大錢。」阿公說。

「哇！好棒。」有和開心的笑。

五叔問阿公：「多桑，這竹篩要放在哪裡抓周？」

阿公想了一下，說：

「你阿嬤的眠床空著，那個八腳眠床很大，就擺到那邊去吧！」

於是就把竹篩端過去了，大家也跨過房門，進入阿祖的房間。六嬸也抱著有萱進來看熱鬧，阿公見了，開心的抱走有萱，細心哄著。

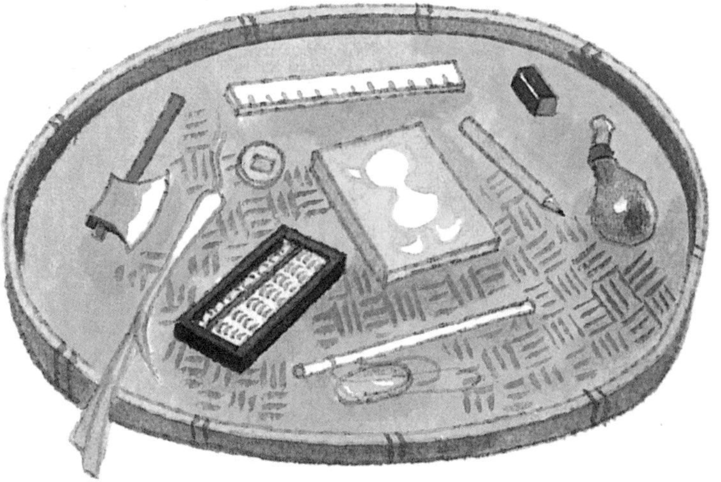

五嬸把小有平放進竹篩中央，大家都擦亮眼睛，靜靜等候，看看他會拿起什麼東西。

沒想到小有平什麼都不拿，似乎對身旁的東西一點興趣也沒有。

阿嬤拿起毛筆引誘他：「這邊……這邊……」

阿公也拿起印章吸引他：「這個……這個……」

小有平全都興趣缺缺。忽然間，他把焦點轉向別處，開始趴下來往外爬。他一下子就爬出了竹篩，對著一個發亮的東西前進。

那是阿祖的拐杖呀！阿祖的手長年磨著枴杖頭，使得它在燈光下發出油亮的光芒，引發了有平的興趣。

他雙眼炯炯有神的往前爬，然後抓起枴杖，在雙手中把玩。

「唉呀！」阿嬤說：「我忘了把卡桑的枴杖收起來了。」

我媽說：「他一定是常常看到阿祖拿著這個，難怪他那麼有興趣，因爲平常摸不到啊！」

「啊！我知道了。」有和臭乳呆的說：「鄭有平想當阿祖！」

「哈！哈！哈！」大家都笑了。

卻見阿公鼻子一紅，轉身低頭，抱緊有萱，走到牆角去擦眼淚。

## 生命禮俗小百科

### 度晬

嬰兒滿一周歲時舉行，慶祝出生滿一年。要準備牲禮祭拜神明和祖先，感謝保佑，再用兩個膨龜（紅龜粿）給嬰兒輕輕踩踏。男方跟女方都要準備許多紅龜粿和紅壽桃，分送給鄰居親友各一個，分享喜悅。女方娘家再送嬰兒衣物頭尾來祝賀。

### 抓周

嬰兒滿周歲時，將十二種代表各行各業的物件放在竹篩中，再讓嬰兒坐在篩中選取，以預測他將來成年的發展志向。古代多放：尺（象徵工匠）、斧（象徵林業）、錢幣（富貴）、稻草（象徵種作）、田土（象徵地主）、蔥（象徵聰明）、雞腿（象徵食祿）、印章（象徵當官）、書（象徵仕子）、筆（象徵書畫家）、算盤（象徵商人）、秤（象徵商人）……等。

現代行業與以往有別，物件也有不同，有人放聽診器（象徵醫生）、手機（象徵科技業）、麥克風（象徵歌星、演說家）等。

抓周其實只能算是滿足大人好奇與期望的一種遊戲，至於孩子的將來，還是要靠父母用心教養，培養他獨立思考的精神，將來由孩子為自己做出最好的生涯規劃。

## 換你來解謎

1、問問看你的爸媽，你小時候有沒有進行過度晬和抓周的儀式？抓周時你抓了什麼呢？

2、為什麼阿公最後會躲到牆角去擦眼淚呢？

3、讀過這麼多不同的生命禮俗，你覺得人們為什麼要訂定這些禮俗呢？

4、你喜歡這些生命禮俗嗎？為什麼？

本書參考書目：李秀娥《圖解台灣傳統生命禮儀》。台中，晨星出版，二〇一五。

文學館

# 有禮這一家：生命禮俗大揭祕

2019年4月初版　　定價：新臺幣380元



| | |
|---|---|
| 著者 | 鄭宗弦 |
| 繪者 | 陳維霖 |
| 叢書主編 | 黃惠鈴 |
| 叢書編輯 | 葉倩廷 |
| 校對 | 趙蓓芬 |
| 整體設計 | 杜嘉凌 |
| 編輯主任 | 陳逸華 |
| 總編輯 | 胡金倫 |
| 總經理 | 陳芝宇 |
| 社長 | 羅國俊 |
| 發行人 | 林載爵 |

| | |
|---|---|
| 出版者 | 聯經出版事業股份有限公司 |
| 地址 | 新北市汐止區大同路一段369號1樓 |
| 編輯部地址 | 新北市汐止區大同路一段369號1樓 |
| 叢書主編電話 | (02)86925588轉5312 |
| 台北聯經書房 | 台北市新生南路三段94號 |
| 電話 | (02)23620308 |
| 台中分公司 | 台中市北區崇德路一段198號 |
| 暨門市電話 | (04)22312023 |
| 台中電子信箱 | e-mail：linking2@ms42.hinet.net |
| 郵政劃撥帳戶第 | 0100559-3號 |
| 郵撥電話 | (02)23620308 |
| 印刷者 | 文聯彩色製版有限公司 |
| 總經銷 | 聯合發行股份有限公司 |
| 發行所 | 新北市新店區寶橋路235巷6弄6號2樓 |
| 電話 | (02)29178022 |

行政院新聞局出版事業登記證局版臺業字第0130號

本書如有缺頁，破損，倒裝請寄回台北聯經書房更換。　ISBN 978-957-08-5287-5 (平裝)
聯經網址：www.linkingbooks.com.tw
電子信箱：linking@udngroup.com

國家圖書館出版品預行編目資料

有禮這一家：生命禮俗大揭祕/鄭宗弦著．陳維霖繪．
初版．新北市．聯經．2019年4月（民108年）．344面．
14.8×21公分．（文學館）

ISBN 978-957-08-5287-5（平裝）

859.6 108003749